LES FLAMMES DE L'AMOUR

BRIGADE MONDAINE:Je souhaite recevoir:
- le catalogue général
- les volumes cochés ci-dessous au prix de 5,80 € l'unité, soit :
N°...
....livres à 5,80 , =............. €
+ frais de port =............€
(1 vol.: 2 € ,1 à 3 vol.: 3,50 € , 4 vol et plus : 4,90 €)
TOTAL................(ajouter à TOTAL abonnements)................ =.............€

N°	TITRE	N°	TITRE
13	LA CROISIÈRE INTERDITE	231	SOURICIÈRE POUR UNE CALL-GIRL
14	LE HAREM DE MARRAKECH	232	L'AUTOROUTE DU CYBERSEXE
15	LA MAISON DES MAUDITES	233	PIÈGE À FILLES AU MONT VENTOUX
16	LA PERMISSION DE MINUIT	234	LE FANTASME DU VIOLONCELLE
17	LES CAPRICES DE VANESSA	235	HÔTESSE SPÉCIALE POUR JET PRIVÉ
18	LA VIPÈRE DES CARAÏBES	236	LE MAUVAIS ANGE DE SYDNEY
19	LE VOYOU DE MONTPARNASSE	237	LA FAUSSE PISTE DE COURCHEVEL
20	LES FILLES DE MONSEIGNEUR	238	LA VIERGE GOTHIQUE
21	LA NUIT ARABE DE MONACO	239	LE CLUB DES ÉNARQUES
22	LA FERMIÈRE DU VICOMTE	240	LES PENSIONNAIRES DU PARADIS
23	LA PUNITION DE L'AMBASSADEUR	241	L'ÉQUIPÉE SAUVAGE
24	LA SECTE DES AMAZONES	242	FILLES PERDUES EN ALASKA
25	LES SIRÈNES DE L'AUTOROUTE	243	LA PRINCESSE DU NÉANDERTHAL
26	LE BOUDDHA VIVANT	244	LE JEU DU CÉLIBATAIRE
27	LA PLANCHETTE BULGARE	245	LA SPÉCIALITÉ DU CHEF
28	LE PRISONNIER DE BEAUBOURG	246	LES VOYEURS DU WEB
212	L'ENLÈVEMENT DES SABINES	247	LE LABYRINTHE DES KIDNAPPÉES
213	LA NUIT DU TOP MODEL	248	LA REINE DES DOMINATRICES
214	LA MADONE DES CHANTIERS	249	LA CLINIQUE DU PRINCE CHARMANT
215	LES SERVANTES D'APHRODITE	250	LA PREMIÈRE DE LA CLASSE
217	LA DOUBLE VIE DU PATRON	252	LES PILULES D'AMOUR
218	LA FORTERESSE DES VOLUPTÉS	254	JUMEAUX ET JUMELLES
219	L'ALCHIMISTE DU DÉSIR	255	DRESSEES ET REBELLES
220	LES TROPHÉES DU GUERRIER	256	LE DÉSHONNEUR DU JUGE
221	LES VEUVES NOIRES DU GOLF	257	NUIT CHAUDE À BARCELONE
222	LE SWING DE LA COMTESSE NOIRE	258	LE FANTASME DU BALLON OVALE
223	LA JUSTICIÈRE DE STRASBOURG	259	LES JEUX DU DIVIN MARQUIS
224	LES COULISSES DU POUVOIR	260	LA STAR DU X
225	LA MUSE DU PEINTRE FOU	261	PERVERSIONS QUÉBÉCOISES
226	LE FANTASME DU MANNEQUIN	262	LES FLAMMES DE L'AMOUR
227	LA FÉE DES SANS-LOGIS		
228	LA THALASSO DU PLAISIR		
229	LE PURGATOIRE DES ANGES DÉCHUS		

MICHEL BRICE

BRIGADE MONDAINE

LES FLAMMES DE L'AMOUR

VAUVENARGUES

Les dossiers Brigade Mondaine de cette collection sont fondés sur des éléments absolument authentiques. Toutefois, pour les révéler au public, nous avons dû modifier les notions de temps et de lieu ainsi que les noms des personnages;

Par conséquent, toute ressemblance avec des personnes existantes ou ayant existé serait totalement involontaire et ne relèverait que du hasard...

ISBN : 2-7443-1185-5

CHAPITRE PREMIER

Au moment précis où Louise Humières sortait de la gare de Saint-Ouen, une sirène se mit à mugir, pas très loin, du côté de Levallois, ou peut-être d'Asnières.

La sirène d'une voiture de pompiers.

« Sûrement un PS, songea-t-elle machinalement. Un camion polyvalent "premier secours"… »

En entendant ce long hululement modulé, la petite blonde fut prise par une sorte de frisson, où se mêlaient de façon inextricable l'excitation et l'appréhension.

Et, malgré elle, sous la veste de cuir réglementaire et le tee-shirt qu'elle portait, Louise sentit les pointes rose tendre de ses petits seins aigus s'ériger rapidement.

L'excitation, c'était parce que tout ce qui concernait l'univers des pompiers, de la lutte contre le feu, avait toujours fasciné Louise Humières. Depuis qu'elle était toute gamine.

Au point de devenir pompier bénévole, peu de temps après son 19e anniversaire, deux ans auparavant.

Depuis, elle n'avait plus qu'un désir : réussir la sélection et la formation – très « pointues » toutes les deux – pour passer professionnelle.

Quant à la sourde appréhension, déclenchée en elle

par la sirène qui, à présent, semblait s'éloigner en aval de la Seine, c'était autre chose.

Une chose que, tout en marchant dans les rues sinistres et mal éclairées de ce quartier d'entrepôts de la proche banlieue nord, Louise commençait à regretter d'avoir accepté.

Une orgie sexuelle, ni plus ni moins.

Une « partouze », pour parler plus vulgairement, mais d'un genre très spécial.

Ce n'est pas que Louise n'aimait pas le sexe, oh non ! Le désir d'un corps masculin, de sentir des mains, une bouche se promener sur son corps, en faire vibrer les cordes sensibles, le bonheur de sentir une virilité dure et chaude coulisser dans son ventre, l'éblouissement de l'orgasme que le sexe du mâle était capable de faire naître : tout cela elle savait ce que c'était. Et, dans ce domaine, elle n'était jamais la dernière à sauter sur une bonne « occase ».

Des occasions de s'envoyer en l'air qui ne lui avaient d'ailleurs jamais manqué, depuis les premiers émois de son adolescence pas si lointaine.

Car Louise Humières était ce qu'on appelait, dans les romans désuets que lisait sa grand-mère à longueur de journée, « un beau brin de fille ».

En langage plus contemporain, et de l'avis de pas mal des garçons qu'elle avait côtoyés, au lycée ou ailleurs, elle était « bonne ».

Blonde, avec des cheveux courts perpétuellement en bataille, plutôt petite de taille, le corps délié mais musclé et nerveux, des seins menus mais fermes, superbement dessinés et haut placés, agrémentés de deux mignonnes fraises roses, des jambes fines qui se terminaient par une croupe ronde et dure, et qui s'ornaient à leur jonction, par-devant, d'un fin duvet doré.

Sans doute à cause de ses grands yeux bleus très clairs, ou de son sourire toujours un peu timide, un ami de son père, un jour, lui avait dit, avec des yeux un peu trop brillants, qu'elle avait des airs de « vierge effarouchée ».

Vierge, elle ne l'était plus depuis belle lurette. Depuis ses seize ans, très exactement. Mais, effarouchée, ce soir, lui paraissait convenir assez bien à son état d'esprit, tandis qu'elle longeait des entrepôts sinistres et déserts.

Il faisait plutôt doux, encore, pour une fin de mois d'octobre, et, depuis plusieurs semaines, le ciel était resté d'un bleu invariable.

Ce qui n'empêchait pas Louise Humières de frissonner pratiquement sans interruption, depuis qu'elle avait quitté la gare de Saint-Ouen.

À cause de ce qui l'attendait, dans l'ancienne caserne des sapeurs-pompiers, à présent désaffectée, où elle avait rendez-vous, d'ici quelques minutes.

Lorsqu'elle avait été approchée par Fabrice Moulin, sergent-chef dans une caserne du 9-3, autrement dit de la Seine-Saint-Denis toute proche[1], Louise Humières avait d'abord cru à une plaisanterie. Elle avait pensé que ce superbe pompier de 34 ans, taillé en athlète, aux cheveux très blonds, regard clair, mâchoire carrée, au teint perpétuellement bronzé, lui « montait un bateau », pour

1. Pour des raisons de discrétion, que le lecteur comprendra aisément, nous avons préféré ne pas situer plus précisément la caserne à l'origine des faits exposés dans ce livre.

se distraire de cette naïveté dont elle n'avait pas encore réussi à se départir complètement.

Et puis, petit à petit, dans ce café presque désert de Saint-Denis, elle avait compris que son étrange proposition était tout ce qu'il y avait de plus sérieux. Même si, au premier abord, ça paraissait complètement dingue.

– Je ne t'apprendrai rien en te disant qu'il y a pas mal de femmes qui fantasment dur sur les pompiers, lui avait dit Fabrice Moulin, avec un petit sourire avantageux. Le danger, l'uniforme, tout ça... Et, bien sûr, le fait qu'on soit tous jeunes et en bonne condition physique. Pas de vieux croûtons ni de gras-du-bide, chez nous autres ! Bref... Il se trouve que je suis en relation étroite avec un certain nombre d'entre elles, qui ne se contentent plus de fantasmer et qui sont passées à l'acte.

– À l'acte ? Comment ça ? Vous voulez dire qu'elles draguent les pompiers pour s'envoyer en l'air avec ?

– Draguer ? Non ! La plupart sont des bourges hyper-friquées, de bonnes familles, affublées de maris hauts placés, tout le truc. Peuvent pas se permettre de faire les cent pas devant une caserne en attendant qu'un pompier les embarque à l'hôtel du coin !

– Alors ?

– Alors, l'une d'elles a trouvé plus discret et plus rapide de se faire amener quelques gars à domicile... et de les payer pour s'envoyer en l'air avec eux ! À force d'être dévorées par les flammes de l'amour, elles ont eu envie de faire appel à des pros pour les éteindre, c'est humain ! Et c'est le genre de service qu'elles sont prêtes à payer un bon paquet...

Sur le coup, Louise Humières en était restée comme deux ronds de flan:

– Vous voulez dire que…

– Tu peux me tutoyer, tu sais!

– Tu veux dire qu'il y a des pompiers qui acceptent de coucher avec ces bonnes femmes pour du fric, c'est bien ça, je ne rêve pas?

– Tu ne rêves pas, avait répondu Fabrice Moulin d'un ton un peu plus sec, le regard plus dur. Et il va de soi que tout ça doit rester strictement entre nous… même si, au fond, les gars ne font rien d'illégal: pour notre image dans le public, ça serait pas terrible, si ça venait à se savoir…

Là, Louise Humières était obligée d'être d'accord. Depuis quelques années, surtout depuis les attentats du 11 septembre, à New York, mais aussi en raison des feux de forêts qui ravageaient le Midi méditerranéen chaque été, les pompiers étaient devenus, grâce à l'efficace relais de la presse et de la télévision, les véritables héros des temps modernes. Les transformer tout d'un coup en vulgaires gigolos à bourgeoises, ça risquait de flanquer un méchant choc à la ménagère de moins de cinquante ans…

Du reste, Louise Humières elle-même ne pouvait s'empêcher d'être choquée par ce que Fabrice Moulin venait de lui révéler. Après tout, pour elle aussi, depuis qu'elle était gamine, les combattants du feu étaient des héros…

– Bon, d'accord, avait-elle fini par dire, il y a des pompiers qui arrondissent leurs fins de mois en allant éteindre des feux un peu spéciaux : ceux que certaines nanas ont au cul ! Et alors ? En quoi ça me concerne ?

Fabrice Moulin avait marqué une petite pause, le temps de recommander deux Kronenbourg 1664 – des « 64 seize soupapes », comme il disait finement… – à la grosse serveuse amorphe du bistrot, avant de répondre à la question directe de Louise :

– Parmi nos… disons : nos « amies », il y en a une ou deux qui trouvent que ça serait assez excitant, si une femme pompier se mêlait à nos petits jeux. À condition qu'elle soit jeune, mignonne, sexy… et pas bégueule, bien sûr ! Comme il m'a semblé que ça devait être ton cas, je me suis…

– Attends un peu ! l'avait interrompu Louise, avec un petit geste de la main droite. Tu viens bien de dire : « se mêlait à NOS petits jeux » ? Ça signifie que, toi aussi, tu participes à ces… à ce…

– J'y participe, oui, avait tranquillement répondu Fabrice Moulin, en la regardant bien en face. La différence, c'est que, moi, je fais ça gratuitement ! À moitié par plaisir personnel, et à moitié pour rendre service à l'une de ces femmes, qui m'est très très chère…

« À ta maîtresse, quoi ! », en avait silencieusement conclu Louise, qui savait que Fabrice Moulin était marié et père de deux jeunes enfants.

– Alors ? Qu'est-ce que tu dis de ma petite proposition ? l'avait relancé le beau sergent-chef. Ça te dirait de venir un de ces soirs t'éclater avec nous ?

Limite outrée qu'on ait pu penser à elle pour de telles « horreurs », Louise Humières ouvrait déjà la bouche pour dire non, lorsque Fabrice Moulin, ajouta la petite précision qui fit tout basculer :

– J'en ai parlé avec Alise : si tu acceptes, elle est d'accord pour un… un « défraiement » de deux mille euros… Juste pour une soirée, bien sûr.

Par habitude, et malgré son jeune âge, Louise avait immédiatement traduit la somme en francs du XXe siècle ; elle avait senti la tête lui tourner.

Treize mille balles ! Une brique trois ! Tout ça pour accepter de baiser avec des mecs jeunes et bien foutus, des pompiers tout comme elle ! Du coup, toutes ses réticences s'étaient envolées d'un seul jet.

« *De toute façon*, avait-elle pensé non sans une certaine dose d'hypocrisie, *ça m'est déjà arrivé, de coucher avec des collègues, comme ça, juste pour le fun. Alors, pourquoi ne pas recommencer en joignant l'utile à l'agréable ? Treize mille balles, merde ! C'est Sébastien qui serait content, si je me pointais un soir dans sa piaule avec une somme pareille dans les mains...* »

Sébastien…

Tout en débouchant sur le quai de Seine, où les voitures filaient à toute vitesse, Louise sourit d'un air attendri, toute seule, à la seule évocation de ce prénom.

Sébastien Quardemonde : son mec. Son « fiancé », comme aurait sûrement dit sa mère, si seulement elle avait accepté de rencontrer Sébastien.

Car, dans la société dont était issue Louise, on parlait encore comme ça. On disait encore qu'une fille « fréquentait ». Ou que telle autre avait « rompu ses fiançailles ». Le tout en prenant le thé ou le porto, sous les plafonds sinistres et trop hauts d'un hôtel particulier du XVIIe siècle, rue Saint-Dominique ou boulevard Saint-Germain. En tout cas, uniquement dans un quartier « possible ».

Arnaud Humières, son père, 48 ans, était conseillé référendaire à la Cour des Comptes. Personnage cassant, autoritaire, totalement dénué d'humour, psychorigide de chez psychorigide. En tout cas d'après Louise.

Aymone, sa mère, petite femme grisâtre, sans charme, au corps déjà fané à 25 ans, à plus forte raison aujourd'hui, à 46, plus catholique que Jean-Paul II et légèrement plus à droite que Benoît XVI. Toujours d'après Louise, son père n'avait jamais rien ressenti pour elle, ni d'amour ni encore moins de désir physique, et ne l'avait épousé que parce qu'elle était une demoiselle de Gadencourt et que ce mariage lui permettait de mettre un pied dans ce que le faubourg Saint-Germain avait de plus fermé et de plus moisi.

Le premier vrai heurt entre ses parents et elle avait eu lieu lorsque, un soir, après un dîner à trois désespérément silencieux, uniquement rythmé par le crissement des semelles des domestiques sur l'antique parquet, Louise avait annoncé à Arnaud et Aymone Humières qu'elle s'était inscrite pour devenir pompier bénévole. En attendant de pouvoir en faire son métier.

Ses parents n'auraient pas eu l'air plus catastrophé si elle leur avait annoncé qu'elle avait décidé d'utiliser l'argent de son trousseau pour ouvrir une boîte d'échangistes.

Mais, ils avaient eu beau ergoter, supplier, menacer, rien n'y avait fait : Louise leur avait tenu tête et était devenue pompier bénévole. Depuis, Aymone Humières vivait dans la terreur que ses amies apprennent à quelles activités « dégradantes » se livrait sa fille...

Mais, le vrai clash s'était produit un an plus tard, lorsque Louise avait appris à ses parents qu'elle était amoureuse d'un garçon, un musicien « génial » mais encore inconnu, et qu'elle comptait quitter l'hôtel particulier familial pour aller s'installer avec lui, dans le minuscule deux-pièces qu'il occupait, quelque part dans le 19e arrondissement, entre les métros Stalingrad et Jaurès.

Là, ç'avait été la goutte d'eau, pour les époux Humières. Une goutte d'eau format tsunami. Apprendre dans le même temps que leur fille unique couchait avant le mariage, mais en plus avec un pseudo-artiste pas foutu de gagner un sou ni de la faire vivre « selon son rang », et habitant par-dessus le marché dans un « quartier de nègres », c'était trop.

De sa voix cassante et métallique, Arnaud Humières avait alors déclaré à sa fille que si elle ne cessait pas immédiatement de voir ce « godelureau » — si, si, il avait bien employé ce mot-là... —, il la « chasserait de sous son toit » et lui couperait les vivres.

Louise avait quitté l'hôtel particulier le soir même et n'y avait plus remis les pieds depuis. Elle revoyait sa mère toutes les trois ou quatre semaines, dehors, brièvement, mais son père jamais. À chaque fois, la pauvre Aymone Humières, encore plus pitoyablement grise qu'avant, lui glissait quelques billets de cinquante euros dans la poche, que Louise n'avait pas le courage de refuser.

Parce que, point de vue blé, avec Sébastien, ce n'était pas la joie. D'autant que le garçon, comme tous les « génies », ne vivait que pour sa musique et ne condescendait que rarement à prendre un boulot alimentaire. Sa dernière lubie, c'était de louer un studio d'enregistrement pour plusieurs semaines d'affilée, ce qui coûtait bien plus que tout l'argent que Louise et lui étaient capables de réunir.

Quant à demander des fonds à son père, il ne pouvait pas en être question, aux yeux de Louise.

Et c'est alors que la proposition de Fabrice Moulin lui était tombée dessus.

Comme un signe du ciel.

Et elle avait dit oui. À cause du fric. Oh! pas pour elle, non: pour Sébastien. Comme ça, se disait-elle, émue par sa propre grandeur d'âme, lorsqu'il accoucherait enfin de son chef-d'œuvre, elle aurait l'impression d'y être un peu pour quelque chose…

Louise poussa un gros soupir, au moment où elle quittait le quai pour s'engager dans la rue Marcel-Sembat, longue, rectiligne, noire, sinistre, où Fabrice Moulin lui avait donné rendez-vous, à neuf heures précises.

Seulement, pour participer au futur chef-d'œuvre du siècle, il allait d'abord falloir payer de sa personne.

Louise Humières était tellement absorbée par ses pensées plutôt lugubres, qu'elle faillit rentrer dans le garçon brun et athlétique qui venait à sa rencontre, le sourire aux lèvres et l'œil brillant.

Elle poussa un petit cri de surprise en prenant conscience de sa présence, à moins d'un mètre d'elle, sur le trottoir crasseux. Aussitôt, le jeune homme la prit par les épaules avec douceur et la secoua très légèrement, comme pour la faire sortir d'un rêve trop prenant.

– Eh ben, Loulou, on ne reconnaît plus les copains ? murmura-t-il, d'une voix à l'entrain un peu forcé. J'te savais pas si crâneuse, dis donc !

Louise leva un regard hébété vers lui, qui la dominait de presque toute la tête, et mit une seconde ou deux avant de le reconnaître.

Steve Ménardeau, un jeune pompier professionnel, avec qui elle avait plus ou moins sympathisé, lors d'une visite organisée pour les nouveaux bénévoles à la caserne du 9-3 dont il était l'une des plus récentes recrues.

– Et qu'est-ce que tu fous, dans ce quartier pourri, à une heure pareille ? l'interrogea Steve. Pas très prudent, ça, pour une belle meuf comme toi !

Et, joignant le geste au compliment, le jeune pompier glissa rapidement sa main entre les pans du blouson ouvert de Louise, afin d'emprisonner l'un de ses petits seins fermes et ronds.

– Et pas de soutif, en plus ! s'exclama-t-il, le regard plus brillant. Ma parole d'honneur, tu chercherais la queue que tu t'y prendrais pas autrement ! D'ailleurs, si le cœur t'en dit…

Louise écarta sèchement les doigts masculins qui pinçaient doucement son téton.

– J'ai un rencart dans le coin : ça te pose un problème ? demanda-t-elle, d'un ton aussi froid, aussi indifférent que possible.

Mais, en réalité, au fond d'elle-même, elle mourait de trouille que Steve Ménardeau ne devine la raison de sa présence dans ce quartier sinistre.

Et, en effet, c'est exactement ce qui se produisit, dans la seconde suivante.

Louise vit les yeux du jeune pompier s'arrondir d'une sorte de stupeur incrédule, ses pommettes devenir plus rouges, puis un petit sourire égrillard élargir ses lèvres pleines.

– Dis donc, ma cochonne ? souffla-t-il en la reprenant par les épaules. Ça serait pas avec le sergent-chef Fabrice Moulin, que tu aurais rendez-vous, des fois ?

Louise se sentit perdre pied et, dans l'affolement, ne trouva aucun mensonge crédible à servir à Steve.

– Et même si c'était le cas ? En quoi ça te gênerait ? murmura-t-elle, d'une voix assez pitoyable.

– Mais ça ne me gêne pas du tout ! s'exclama alors le pompier, en caressant distraitement le cou et la nuque de Louise, du bout des doigts.

Il l'attira brusquement contre son corps musclé, et elle put sentir, non sans un certain trouble, la barre dure de son sexe venir se plaquer contre son ventre.

– Ça me gêne d'autant moins, ma chérie, ajouta-t-il d'une voix plus sourde, que je vais au même endroit que toi… et pour y faire exactement la même chose !

À la pensée qu'elle était devinée, Louise se sentit rougir violemment. Mais, presque aussitôt, cette bouffée de chaleur disparut et elle se sentit parfaitement détendue : si Steve était l'un des participants à l'orgie de ce soir, il devenait une sorte de « complice », et il n'y avait donc plus à avoir honte ni à se gêner devant lui !

– Allez, viens, dit-il en la prenant par la main et en l'entraînant dans la rue Marcel-Sembat d'un pas décidé. On va y aller ensemble : je sais où c'est. En tout cas, j'espère que tu me laisseras goûter à ton joli petit cul, au cours de la soirée : ça fait un bout de temps que je bande pour lui !

Louise ne répondit ni par oui ni par non : on verrait bien comment les choses allaient se goupiller...

Ils marchèrent encore durant quelques minutes, avant de se retrouver devant la caserne désaffectée, dont la grande grille métallique était entrouverte. Après une seconde d'ultime hésitation, Steve Ménardeau et Louise Humières se glissèrent à l'intérieur, dans le plus parfait silence.

L'ancien centre de secours était coincé entre une bretelle d'autoroute et un cimetière. Cette caserne de banlieue, construite dans les années soixante, désaffectée à la fin des années quatre-vingt-dix, était composée d'un bâtiment principal, ayant regroupé la remise où étaient stationnés les engins et le centre administratif. Un deuxième bâtiment avait abrité le réfectoire et quelques logements destinés aux gradés et à leurs familles.

Au milieu de la petite cour de manœuvre se dressait

encore une tour d'instruction de quatre étages, en métal partiellement rouillé.

Enfin, tout en haut du building carré se trouvait encore l'immense gymnase, offrant une vue imprenable sur la A 86 et, plus loin, sur le Stade de France.

La plupart des carreaux étaient cassés, les autres tellement poussiéreux qu'il aurait été impossible de voir à travers. De grosses touffes d'herbes proliféraient un peu partout dans la cour intérieure.

Louise fut un peu surprise de constater que, à part deux des six fenêtres du rez-de-chaussée du corps de bâtiment principal, tout le reste était plongé dans la noirceur la plus complète. Bizarrement, à côté d'elle, Steve Ménardeau semblait avoir perdu d'un coup toute sa superbe ; et ils restaient là, tous les deux, immobiles devant le perron du bâtiment, tandis qu'un murmure de voix bourdonnantes leur parvenait de l'intérieur, à peine perceptible.

– Et si vous vous décidiez à rentrer ? On n'attend plus que vous deux, vous savez… fit alors une voix féminine, mélodieuse et grave, sur leur gauche.

Les deux jeunes pompiers sursautèrent et tournèrent la tête en même temps. Pour découvrir, dans le rectangle de lumière rougeâtre d'une petite porte dérobée, une silhouette sinueuse, grande, moulée dans une robe fourreau vert émeraude, fendue très haut sur la cuisse droite, et dont les deux bandes de tissu, croisées au niveau de l'estomac, avaient bien du mal à retenir les deux seins volumineux qu'elles étaient censées dissimuler aux regards.

À cause du contre-jour, Louise et Steve ne distinguaient rien du visage de la femme qui venait de les apostropher. Elle était accoudée au chambranle, ce qui la forçait à se déhancher vers la droite, mettant ainsi en valeur la rondeur de sa croupe, la cambrure parfaite de ses reins, ainsi que le fuselage de sa jambe presque entièrement dénudée.

Elle portait une longue et épaisse chevelure d'un roux sombre et flamboyant, qui retombait en vagues lourdes sur ses épaules nues.

Enfin, la femme se recula à l'intérieur et, une fois éclairée, les deux jeunes pompiers purent découvrir son visage.

Ils reçurent le choc de deux immenses yeux d'un bleu très clair, à l'éclat presque magnétique, une peau laiteuse de rousse, un visage sensuel aux pommettes bien marquées, et une bouche d'un rouge naturellement vif et brillant.

« Une panthère... songea immédiatement Louise, bouche bée d'admiration. Un animal vachement attirant... mais sûrement dangereux ! »

De son côté, Steve était si impressionné que, à son grand dépit, il sentit son érection fondre à vue d'œil.

– Allez, entrez, ne vous faites pas prier ! soupira la rousse, de sa voix naturellement rauque. Je suis Alise de Madridejos, la propriétaire des lieux et l'organisatrice de cette petite... sauterie. Venez, je vais vous présenter aux autres...

Alise de Madridejos referma la petite porte derrière eux et les précéda dans un couloir étroit et décrépi, de sa démarche naturellement ondulante. De là, ils débouchèrent dans une nouvelle cour intérieure, invisible de la rue, un peu plus petite que la première.

Celle-ci était éclairée par plusieurs projecteurs, ce qui fait que Louise et Steve purent distinguer parfaitement tout ce qu'il y avait à y voir.

Et ça valait le déplacement, elle en resta clouée sur place, les yeux écarquillés par la surprise.

D'abord, il y avait les trois véhicules qui trônaient au centre de la cour, disposés en triangle. Trois véhicules de pompiers, rouge vif, pratiquement neufs, et qui le paraissaient encore plus par rapport à la vétusté des bâtiments tout autour.

De son œil exercé, Louise Humières repéra d'abord un PS, un « premier secours », camion disposant de lances à incendie, d'une réserve d'eau et d'une cellule sanitaire destinée à assurer la prise en charge d'une éventuelle victime.

Le deuxième véhicule était un fourgon d'appui, de type FA, pouvant emporter huit hommes.

Mais c'était surtout le troisième engin qui était impressionnant, véritable monstre d'acier rutilant : la fameuse « grande échelle ». Celle-ci, repéra tout de suite Louise Humières, était une EPA (échelle pivotante automatique) de vingt-quatre mètres. La conduite d'un tel engin, très impressionnant et délicat à manier, nécessitait l'obtention d'un permis spécifique, donnant à son titulaire le titre envié d'« échelier ». Donc, se dit Louise, il devait y avoir fatalement un échelier ici, ce soir, pour la « sauterie » dont avait parlé Alise de Madridejos.

Par association d'idées, la jeune femme se désintéressa des engins mécaniques, pour concentrer son attention sur les personnes présentes.

Le fond de la cour formait un violent contraste avec le reste. Abrité sous une sorte de grand préau de bois et de tuiles, mais ouvert sur la cour elle-même, ça ressemblait à un luxueux salon pourvu de tout le confort : canapés, fauteuils, tapis, tentures, guéridons, tables basses, bar ; sans oublier les petits radiateurs électriques permettant de s'isoler de la fraîcheur éventuelle du dehors.

En fait, Louise eut l'impression de se retrouver face à une grande scène de théâtre, à ventre ouvert sur la cour sombre et les bâtiments lépreux qui l'entouraient.

Une scène peuplée d'acteurs et d'actrices attendant les trois coups, tous un verre à la main.

Six hommes et quatre femmes.

À côté de Louise, Steve Ménardeau émit un drôle de gargouillis : lui aussi venait de repérer les quatre superbes femelles qui se prélassaient sous le préau, verre d'alcool et cigarettes en main, languissamment vautrées dans les fauteuils et les canapés.

Il y avait là deux blondes – l'une à cheveux courts cendrés, l'autre nantie d'une opulente crinière dorée –, une brune bien en chair et une superbe métisse coiffée à la rasta, dont les longues et fines jambes faisaient irrésistiblement penser à des pattes de gazelle.

Louise comprit facilement ce qui avait provoqué le petit cri de Steve. Ces quatre femmes, dont deux au moins ne devaient pas être loin de la quarantaine, avaient des allures de grandes bourgeoises, mais avec, en même temps, quelque chose de plus trouble, un érotisme un peu trop agressif, à la limite du vulgaire. Les deux éléments formant un cocktail détonnant.

La brune, par exemple, était vêtue d'un tailleur gris clair très strict, à la limite de l'austère, mais sous lequel il était facile de deviner que sa lourde poitrine était nue.

La blonde aux longs cheveux portait une robe bleue, très sage, descendant sous le genou et à peine décolletée. Mais, autour du cou, elle portait un petit bijou allongé, visiblement en or. Et, quand Louise se fut approchée d'elle, elle put constater qu'il s'agissait d'un petit phallus en érection, merveilleusement sculpté, qui, entre ses seins, pointait droit en direction de son ventre. Comme pour indiquer le chemin de son intimité à ses visiteurs éventuels...

Quant à la grande métisse, la plus jeune des femmes en présence, elle était la seule à ne pas bavarder avec les autres, trop occupée à dévorer d'un regard luisant de convoitise les jeunes pompiers qui se tenaient debout tout autour des sièges qu'elles occupaient.

Car, à l'exception de Fabrice Moulin, que Louise identifia tout de suite, aucun homme n'était assis. Tous dans leur uniforme réglementaire de pompiers professionnels, ils semblaient attendre le bon vouloir de ces dames. Des dames qui les payaient fort bien, pour qu'ils satisfassent durant cette soirée tous leurs fantasmes.

Trois d'entre eux avaient leur casque étincelant sur la tête, les autres le portaient sous le bras droit.

– Vous devriez aller rejoindre vos collègues, murmura

Alise de Madridejos aux deux nouveaux arrivants. Je sens que mes amies commencent à s'impatienter un peu…

Louise Humières fut prise d'un frisson d'appréhension, tandis que Steve Ménardeau se dirigeait vers la « scène », d'un pas décidé, comme poussé dans les reins par le désir qui avait pris possession de lui, à la vue de ces superbes femelles en chaleur et prêtes à tout.

Louise hésita encore une seconde ou deux avant de le suivre. Elle hésita d'autant plus qu'elle venait de surprendre le regard dont l'enveloppait à présent la blonde aux cheveux courts et cendrés.

Un regard intense et noir, qui dégoulinait littéralement de désir…

Dégoûtée à l'idée d'être désirée par une autre femme, Louise faillit tourner les talons et quitter la caserne désaffectée. Mais, aussitôt, la pensée des deux mille euros qu'elle devait toucher lui traversa l'esprit.

Au même moment, le sergent-chef Fabrice Moulin quitta le fauteuil où il était assis et, se tournant vers ses hommes immobiles, impassibles en apparence, leur cria d'une voix forte et d'un ton sans réplique :

– Allez, les gars, tous en place : c'est l'heure de passer à la manœuvre !

Alors, Louise Humières respira un grand coup, elle se mit à penser très fort à Sébastien, son « chéri » ; et, d'une démarche d'automate, elle marcha au sacrifice…

Alise de Madridejos avait senti un éclair de chaleur lui traverser le ventre, au moment où Fabrice Moulin, son amant en titre, avait donné le signal de début de l'exercice.

Malgré elle, son souffle s'était accéléré, en voyant les pompiers quitter le préau et se diriger vers les trois engins en stationnement dans la cour.

Elle avait laissé sa main descendre de sa poitrine lourde, à la peau laiteuse, jusqu'à l'intersection de ses cuisses légèrement écartées.

À ce moment, l'échelier avait mis en marche le moteur de son engin. Tandis que deux autres pompiers, un blond et un brun, commençaient à dérouler la lance incendie fixée à l'arrière du « premier secours ».

Alise avait renversé la tête en arrière, faisant crouler son opulente chevelure rousse le long de ses épaules nues et d'un blanc de lait.

Sous l'effleurement à peine perceptible de ses longs doigts, à travers le tissu soyeux de sa robe fourreau, elle sentait la fièvre battre, le désir prendre possession de son ventre moite, monter irrésistiblement en elle, suivant les pulsations du moteur qui ronronnait.

Et, les yeux mi-clos, il lui semblait que la grande échelle qui s'élevait lentement était comme un gigantesque membre viril de métal, déployant sa formidable érection.

Lorsque l'échelle s'arrêta de monter, Alise jeta un petit coup d'œil autour d'elle, et un sourire narquois se dessina sur ses lèvres pulpeuses et rouges.

Apparemment, ses « chères amies » étaient maintenant dans le même état qu'elle…

Angelina, la brune un peu grasse, les joues en feu, la jupe de son tailleur strict largement retroussée sur ses cuisses bronzées, dévorait du regard le superbe athlète blond, sanglé dans son uniforme, occupé à dérouler la lance du PS. Tout en ingurgitant de grandes lampées de champagne, sans même paraître s'en apercevoir.

Par moments, lorsqu'elle étendait le bras pour attraper sa flûte de cristal, Alise pouvait apercevoir la touffe de poils noirs qui s'épanouissait sous l'aisselle de l'Espagnole, et qu'elle refusait de faire disparaître, malgré les remarques insistantes de ses amies françaises.

– Pas question de les raser, leur expliquait Angelina, avec cette pointe d'accent ibérique qui lui faisait chuinter légèrement les s. Vous comprenez, il n'y a pratiquement plus de femmes qui ont des poils sous les bras. Alors, quand ils en rencontrent une, il y a des tas d'hommes qui en deviennent fous de désir : ils ont l'impression qu'ils vont baiser une vraie femelle à l'ancienne, une sauvage, quoi !

Par moments, Alise de Madridejos se disait que son amie n'avait peut-être pas tort, au fond...

Délaissant Angelina, elle reporta son attention sur Marie-Caroline, qui avait quitté son fauteuil pour venir se mêler aux pompiers s'affairant autour des trois véhicules.

La blonde au visage un peu poupin, à la robe trop sage, se frottait contre le dos large et musclé de Patrick, un jeune pompier de 23 ans – 12 de moins qu'elle... – comme une vraie chienne en chaleur. De là où elle était, Alise pouvait entendre le crissement du cuir contre le fin tissu de sa robe bleue. En même temps, Marie-Caroline avait passé son bras autour des hanches étroites du garçon, et ses doigts pétrissaient fiévreusement le devant de son pantalon d'uniforme.

Avec un petit sourire amusé, Alise se demanda ce que penserait Édouard, l'époux de Marie-Caroline, industriel très fier de sortir de la plus haute bourgeoisie lyonnaise, s'il découvrait brusquement sa femme, en pâmoison devant une bande de jeunes pompiers, hyper-virils certes, mais de très « basse extraction »...

Quant à Christelle Dambreuse, sa meilleure amie, celle du groupe dont elle se sentait le plus proche, Alise ne fut pas trop surprise de la découvrir assise sur l'accoudoir du fauteuil où était vautrée Aurore, la métisse. Et occupée à lui caresser avec une certaine fièvre les épaules et la naissance des seins.

Depuis près de dix ans qu'Alise de Madridejos connaissait Christelle Dambreuse, la blonde aux cheveux courts et au corps presque androgyne n'avait jamais fait mystère de son goût pour les femmes. Et notamment pour les jeunes « plantes exotiques » du genre d'Aurore, née d'un père français et d'une mère togolaise. Enfin, jeune par rapport à elle: Christelle avait 38 ans, alors qu'Aurore venait tout juste de fêter son vingt-cinquième anniversaire...

Au centre de la cour, les pompiers continuaient de développer une activité rapide mais précise; comme s'ils allaient devoir effectivement affronter un véritable incendie.

C'était notamment le cas de Frédéric, un jeune pompier de 26 ans, blond, le regard clair, au visage d'enfant mais à la silhouette et la musculature de footballeur professionnel.

Il était occupé à dévider la LDT, la lance du dévidoir

tournant, composée d'un tuyau de petit diamètre, mais longue d'une soixantaine de mètres. Sous l'effort qu'il fournissait, les veines de son cou saillaient, son front et ses tempes ruisselaient de transpiration, et, comme il avait « tombé la veste », on voyait ses muscles jouer sous le tissu un peu rêche de sa chemise bleue réglementaire.

C'est sur lui qu'Alise jeta son dévolu, pour commencer. Parce que c'était la première fois que Fabrice Moulin le recrutait pour une petite soirée, et que la nouveauté avait toujours excité Alise. En plus, dès son arrivée, elle avait repéré la puissance physique qui se dégageait de Frédéric, une sorte d'animalité à l'état brut, mais jointe à une sorte d'innocence enfantine dans le regard, ce qui la rendait encore plus affolante. Et Alise s'était promis qu'elle « ouvrirait le bal » avec lui.

– J'ai comme l'impression que notre chère Alise a le feu quelque part, et qu'elle aurait bien besoin d'un bon coup de lance pour l'éteindre ! s'exclama Marie-Caroline dans son dos, de cette voix un peu trop haut perchée et un peu vulgaire qu'elle prenait lorsque le manque de sexe masculin commençait à lui tenailler le ventre.

– Il n'y a pas qu'elle… souffla Angelina, avec cette pointe d'accent du sud qui excitait beaucoup certains hommes. Moi aussi, il va falloir penser à me « maîtriser le sinistre » !

Elle quitta le canapé où elle était vautrée et se dirigea, en titubant presque, vers le PS, le camion de premier secours. Juste au moment où deux pompiers en sortaient le brancard sur roulettes, par la porte arrière.

Sans hésiter, Angelina s'allongea dessus, sans se soucier du fait qu'en remontant, sa jupe de tailleur dévoilait maintenant la chair bronzée de ses cuisses un peu grasses, ainsi que le triangle noir, bouclé et très fourni, de son intimité.

Sans prononcer une parole, l'un des deux brancardiers entreprit de lui administrer les premiers secours. C'est-à-dire qu'il lui releva les genoux, lui écarta les cuisses avec une autorité irrésistible et plongea ses lèvres au centre de son intimité nacrée et luisante de désir.

Angelina poussa un gémissement rauque, vite étouffé. Pour la bonne raison que l'autre brancardier venait de se déboutonner, pour faire jaillir à l'air libre une matraque de chair brune, noueuse et longue, moins longue que la lance du dévidoir, mais beaucoup plus rigide.

Et qu'il venait de l'enfoncer de presque toute sa longueur entre les lèvres avides de l'Espagnole.

Au même moment, Alise de Madridejos s'agenouillait aux pieds de Frédéric et s'attaquait à la fermeture à glissière de son pantalon d'uniforme.

Lorsque ses longs doigts nerveux, aux ongles rouge sang, firent jaillir à l'air libre une superbe verge brune et dure, Alise passa un bout de langue sur ses lèvres pulpeuses pour les humecter encore davantage.

Puis, avec un gémissement de volupté, presque une plainte, elle fit coulisser l'arrogant membre viril entre ses lèvres rouges entrouvertes. Jusqu'à ce que sa joue vienne frotter contre le cuir du blouson de Frédéric. Tandis que, au-dessus d'elle, le jeune pompier continuait de dévider la lance du PS comme si de rien n'était.

Tout juste si ses gestes professionnels étaient brusquement devenus un peu plus saccadés, moins précis.

Dès que le sexe noueux frôla le fond de sa gorge, Alise sentit son ventre et sa tête s'embraser du même feu. Un feu intérieur qui la fascinait autant que, depuis toujours, les grands feux extérieurs. Ceux-là même que les pompiers de France et d'ailleurs avaient pour charge de combattre et de vaincre, souvent au péril de leur vie.

Dans le cerveau et le corps d'Alise, il y avait bien sûr le plaisir d'avaler lentement, voluptueusement cette colonne de chair raide et palpitante, de la sentir frémir entre ses lèvres arrondies, envahir la totalité de sa bouche.

Mais il n'y avait pas que cela; il y avait même bien plus que cela.

Elle, Alise de Madridejos, membre à part entière de la jet-set européenne, par son mariage, c'est vrai, mais aussi sa classe et son prestige personnel; elle dont, régulièrement, les magazines féminins les plus *tops* citaient l'élégance et le raffinement en exemple à leurs lectrices; elle était là, au centre d'une caserne désaffectée, dans un quartier sinistre d'une ville de banlieue qui l'était à peine moins, à genoux près d'un véhicule crachant ses gaz d'échappement, devant un simple pompier de dix ans son cadet qui, en plus, faisait mine d'ignorer complètement sa présence à ses pieds.

Et, sans se soucier des regards braqués sur elle, elle

engloutissait méthodiquement et goulûment le sexe de ce garçon auquel, jamais, dans le cours normal de sa vie « officielle », elle n'aurait adressé la parole, ni probablement même fait l'aumône du moindre regard.

Comme s'il s'avisait tout d'un coup de la présence, à ses pieds, de cette élégante bourgeoise qui suçait sa verge, Frédéric eut un petit sourire de fierté. Puis, comme par jeu, il prit l'embout métallique de la lance qu'il venait de dérouler, et, par l'échancrure de la robe, le fit coulisser entre les seins laiteux de sa fellatrice, comme s'il s'agissait d'une virilité de métal, froide et dure.

Ce contact soudain, puis la pensée que, peut-être, son partenaire avait envie d'introduire la lance dans son ventre en fusion, tout cela déclencha une formidable explosion de plaisir dans le corps d'Alise. Qui, pour le coup, accéléra les mouvements de sa langue autour de la verge qu'elle tétait avec une ferveur avide.

Au bout de quelques secondes de ce traitement affolant, Frédéric se déversa dans la bouche chaude de sa partenaire, en longs jets impétueux et saccadés. Sous le coup de fouet du plaisir, le jeune pompier lâcha la lance, dont l'embout rejaillit du décolleté d'Alise et sauta à terre en se tortillant, comme un serpent pris de furie.

Lorsqu'elle releva la tête, après avoir recueilli du bout de la langue une ultime goutte de bonheur translucide, Alise de Madridejos put constater que, tout autour d'elle, ses « chères amies » avaient suivi son exemple. Et qu'elles étaient au moins aussi déchaînées qu'elle.

Toujours sur son brancard, Angelina avait changé à la

fois de position et d'activité. Elle était à présent à quatre pattes, reins creusés, offrant sa croupe large et profondément fendue à la vigoureuse sodomie de Sylvain, un jeune caporal bâti comme un petit taureau. Dans le même temps, l'autre brancardier, Philippe, lui appliquait un masque de plastique transparent sur la bouche et le nez, masque relié à une bonbonne d'oxygène restée à l'intérieur du fourgon.

Alise eut un petit sourire indulgent: Angelina avait toujours adoré se faire un petit *shoot* d'oxygène pure, lorsqu'un pompier bien monté s'occupait d'elle *por culo*, comme elle disait...

Alise se détourna de ce spectacle, somme toute assez convenu, pour s'intéresser à l'espèce de remue-ménage qui se déroulait autour de la grande échelle déployée. Son sourire s'élargit en découvrant Aurore, entièrement nue, juchée à plus de quatre mètres du sol, les mains agrippées aux barreaux de l'échelle contre laquelle elle appuyait ses épaules, son dos et ses fesses.

En voilà une, au moins, qui n'avait pas besoin d'un quelconque *trip* d'oxygène pour s'envoyer en l'air. Sans doute à cause de ses ascendances africaines, elle possédait une sexualité beaucoup plus naturelle, moins « judéo-chrétienne » que les trois autres.

Ce qui ne l'empêchait pas d'avoir une réelle imagination érotique. Comme elle était justement en train de le prouver. Une imagination qu'elle couplait avec un certain sens de l'acrobatie et de mépris du danger.

Au moment où Alise s'intéressa à elle, Aurore était donc suspendue entre ciel et terre, sur la grande échelle très légèrement oblique, à laquelle elle ne tenait que par ses deux mains et la plante de ses pieds. Vu du sol, et malgré la hauteur, on distinguait nettement le triangle noir de son pubis, qui tranchait sur sa peau couleur caramel au lait.

Deux pompiers achevaient de redescendre de l'échelle, parmi lesquels Alise constata – sans jalousie aucune – que se trouvait Fabrice Moulin, son amant en titre.

Aussitôt, la voix saccadée et presque implorante d'Aurore sembla tomber du ciel :

– Deux autres ! Vite, je brûle ! que deux hommes grimpent jusqu'ici avec leurs queues pour éteindre le feu de ma chatte et de mon cul !

Comme s'ils n'attendaient que ça, deux jeunes pompiers partirent à l'assaut de la grande échelle, chacun de son côté. Alise nota que celui qui grimpait du côté où se trouvait Aurore était Steve Ménardeau, la nouvelle recrue de Fabrice Moulin, dont c'était en quelque sorte le « baptême du feu » et qu'elle s'était promise d'essayer avant la fin de la soirée.

Les deux jeunes hommes grimpèrent avec une agilité méritoire le long des barreaux. Steve Ménardeau s'arrêta lorsque sa tête parvint à hauteur de l'intersection des cuisses de la jeune métisse, et il attendit que son compagnon, un grand type blond dénommé Adrien, fût parvenu à la même hauteur que leur partenaire commune.

Apparemment, l'un comme l'autre savaient ce qu'on attendait d'eux.

Celui qui se trouvait maintenant contre le dos nu d'Aurore, séparé d'elle seulement par les barreaux horizontaux de l'échelle, se lâcha d'une main et dégrafa rapidement son pantalon d'uniforme. Il en sortit un sexe assez fin mais très long, d'une raideur parfaite.

– Vas-y, mets-la moi ta jolie lance d'amour ! implora la métisse, en tendant sa croupe proéminente entre deux barreaux. Éteins le feu de mon cul !

Adrien ne se le fit pas dire deux fois. Guidant sa virilité arrogante d'une main, pendant que l'autre se maintenait au montant vertical de l'échelle, il pénétra de toute sa longueur entre les fesses brûlantes d'Aurore, qui émit un long cri aigu de plaisir.

Cri qui s'acheva en une sorte d'apothéose, lorsque la langue agile de Steve Ménardeau, par-devant, entreprit de fouiller la petite forêt de son intimité.

Jugeant que la suite était trop prévisible pour présenter de l'intérêt, Alise se détourna du spectacle, pour s'intéresser à ce qui se passait au niveau du sol.

Elle découvrit une Marie-Caroline en pleine transe érotique. La blonde s'était laissée tomber à même le sol, sa sage robe bleue relevée très haut sur son ventre, exhibant sous les yeux fascinés de deux jeunes pompiers la toison dorée de son ventre plat et satiné, à travers laquelle se devinaient deux lèvres roses et luisantes, gonflées de désir.

Habituée aux délires sexuels les plus saugrenus, Alise fut quand même surprise de voir son amie, toujours si bien élevée et « bècebège », empoigner à pleine main le tuyau de la lance du dévidoir que Frédéric avait laissé échapper au moment de son orgasme, et, sans l'ombre d'une hésitation, l'introduire dans son intimité brûlante, comme elle l'aurait fait avec un quelconque *sex toy*.

On avait l'impression troublante, presque inquiétante, qu'un long serpent était en train d'essayer de s'introduire en elle pour la dévorer de l'intérieur...

Au même moment, Alise vit surgir son amie Christelle Dambreuse sur sa gauche. Elle avait quitté ses vêtements féminins pour revêtir une chemise, un blouson et un casque de pompier. Mais elle avait négligé les vêtements du bas et exhibait sans la moindre pudeur aux regards ses petites fesses rondes et dures et le fruit lisse de son sexe impeccablement épilé.

Le feu au visage et le regard fixe, Christelle se laissa tomber à genoux devant les deux pompiers qui regardaient Marie-Caroline se masturber frénétiquement avec la lance à incendie. Elle les déboutonna prestement et se mit à les caresser en cadence, une verge dans chaque main.

Alise savait très bien ce que Christelle avait en tête. Même si elle préférait d'ordinaire les femmes, et même plutôt les jeunes femmes, son amie appréciait aussi les hommes... et principalement ce qui, au moment du plaisir, jaillissait de leur sexe tendu.

En un mot, Christelle Dambreuse faisait partie de ces femmes – toujours appréciées des hommes – « qui avalent ». Et qui le font par plaisir, ce qui est encore mieux.

En général, une fois qu'elle s'était bien « désaltérée », Christelle revenait à sa véritable passion : les jeunes filles. Si possible innocentes, c'était encore meilleur.

Par association d'idées, Alise de Madridejos s'aperçut soudain que, dans l'orgie générale qui battait maintenant son plein, il manquait une personne. Une personne qui n'aurait pas dû laisser Christelle indifférente, justement.

Louise Humières, la petite pompière bénévole, que Fabrice Moulin avait recrutée tout exprès pour ce soir. Et qu'elle-même était allée rencontrer, une huitaine de jours plus tôt, dans la caserne où elle officiait.

Alise haussa les épaules, en se disant qu'après tout, elle n'en avait rien à faire, de cette fille.

Pourtant, l'espace d'une fugitive seconde, elle avait eu la sensation désagréable que cette disparition de la petite blonde n'annonçait rien de bon.

Chapitre II

Louise Humières pressait le pas, en direction de la caserne désaffectée de la rue Marcel-Sembat.

En la quittant, une heure et demie plus tôt dans la soirée, sur le trottoir de la rue déserte et noire, la jeune femme se souvenait avoir eu la sensation de respirer soudain un air plus vif, plus frais, plus pur.

Elle s'était dit que c'était complètement idiot, puisque la cour intérieure de la caserne, qu'elle venait de quitter, était ouverte à tous les vents. Mais la sensation avait persisté.

Est-ce que c'était à cause des moteurs des trois engins tournant au ralenti ? Ou alors en raison du spectacle de ces hommes et de ces femmes s'accouplant dans une sorte de furie bestiale, avec des halètements répugnants ? De ces corps tordus par le désir, de ces verges qui se tendaient comme des armes menaçantes, de ces vulves s'ouvrant à tous les attouchements, tous les outrages ?

Toujours est-il que, sans même avoir dû subir le moindre « assaut » masculin de la part de l'un ou l'autre de ses jeunes collègues, Louise s'était soudain sentie au bord de la nausée, et elle avait littéralement fui la caserne.

En réalité, elle savait très bien ce qui l'avait poussée à prendre ses jambes à son cou. Quelle avait été la goutte d'eau faisant déborder le vase.

C'était cette femme, cette blonde aux cheveux courts, au corps presque androgyne, qu'elle avait entendu être appelée Christelle, par le sergent-chef Moulin.

Dès que les choses avaient commencé à devenir sérieuses, la Christelle en question avait foncé droit sur elle et avait entouré ses épaules de son bras.

– C'est la première fois que je te vois ici, à l'une de nos petites soirées, non ? avait murmuré Christelle en écrasant ses petits seins fermes contre elle. Je te trouve très jolie : je suis sûre qu'on va passer un bon moment, toutes les deux…

Sentant le danger, Louise s'était écartée d'elle et, pour ne pas la fâcher, avait tenté de biaiser.

– Vous savez, ce n'est pas que vous ne me plaisez pas… avait-elle soufflé d'une voix embarrassée, mais je préfère nettement les mecs, en fait.

Christelle ne s'était pas démontée pour autant.

– Quelle importance ? avait-elle demandé, en attirant de nouveau Louise contre elle, et en plaquant carrément ses deux mains sur ses fesses rondes. Tu auras tous les hommes que tu veux, ce soir : ce ne sont pas les belles queues qui manquent ! Si tu veux, je t'aiderai même à choisir les meilleurs. Et je leur préparerai le terrain : j'ai très envie de te lécher la chatte, tu sais, ma chérie… Et ton adorable petit cul aussi !

À l'idée d'une langue de femme s'insinuant dans son intimité, ou pire encore, Louise avait frémi de dégoût.

Elle avait repoussé Christelle assez sèchement. Laquelle avait haussé les épaules avec un air de mépris et tourné les talons en la traitant de « petite connasse coincée ».

Et, coincée, Louise s'était soudain aperçue qu'elle l'était en effet. Qu'elle ne parviendrait jamais à se soumettre à ce qu'on attendait d'elle ; même pour les deux mille euros dont Sébastien avait tellement besoin.

Alors, profitant de ce que personne ne faisait attention à elle, plongés qu'ils étaient tous dans leurs perversions érotiques et leurs débordements sexuels, Louise avait quitté la caserne précipitamment. Bien décidée à aller tout droit retrouver Sébastien, qui lui avait donné rendez-vous dans leur bar favori, dans le quartier de la gare du Nord.

Seulement, après avoir parcouru tout le chemin en sens inverse, jusqu'à la gare de Saint-Ouen, après avoir attendu pendant plus de vingt minutes un train qui la ramènerait à Paris, Louise s'était mise à réfléchir. Et, rapidement, elle avait commencé à regretter sa « désertion ».

Oh ! pas à cause de l'argent, non. Ça, elle parvenait à s'en consoler assez facilement. D'autant plus que, prudemment, elle n'en avait pas parlé à Sébastien avant. Donc, pas de désillusion ni de reproche à craindre de ce côté-là…

Seulement, il y avait sa carrière. Cette carrière de pompier professionnel à laquelle elle aspirait plus que tout au monde. Cette carrière que, d'un petit coup de pouce, le sergent-chef Fabrice Moulin pouvait grandement faciliter, en lui entrouvrant la bonne porte.

Une chance qu'elle venait de gravement compromettre,

en lui faisant faux bond. Pourquoi accepterait-il de l'aider, après ça, alors qu'elle venait de lui claquer entre les mains ? Qu'elle lui avait administré la preuve qu'on ne pouvait pas compter sur elle ? Et qu'elle n'avait même pas assez d'estomac pour surmonter ses peurs et ses répugnances ?

Non, ça n'était pas possible ! Elle ne pouvait pas saccager tout son avenir, pour un simple dégoût passager ! Elle allait y retourner, prendre sur elle, puiser dans son courage le plus intime, et se livrer à ces hommes et à ces femmes qui voulaient jouir d'elle, de son corps. Il fallait qu'elle le fasse !

Comme un automate, Louise Humières s'était alors levée de son banc, au moment précis où le train pour Paris arrivait tout au bout du quai pratiquement désert.

Et voilà pourquoi, pour la seconde fois dans la même soirée, la jeune pompière parcourait le chemin conduisant de la gare à la caserne désaffectée. En pressant de plus en plus le pas à mesure qu'elle approchait.

Lorsqu'elle ne fut plus qu'à une centaine de mètres du coin de la rue Marcel-Sembat, Louise s'arrêta net et poussa une sorte de gémissement malgré elle.

C'était foutu, elle revenait trop tard.

Là-bas, devant elle, trop loin pour qu'elle puisse leur faire signe, deux des trois camions de pompiers tournaient le coin de la rue et disparaissaient à la queue-leu-leu vers Saint-Denis, rejoignant probablement leur caserne de rattachement.

La soirée était finie.

Malgré tout, d'une démarche raide et lente d'automate,

Louise Humières continua d'avancer, le regard fixe. Elle tourna le coin de la rue et marcha vers l'entrée de la vieille caserne, sans trop savoir pourquoi, puisque tout le monde, à présent, devait en être parti.

Elle en était tellement persuadée qu'elle fut très surprise de constater que la grande grille n'était pas complètement refermée. Sans réfléchir, elle se glissa entre le montant et le mur, pour pénétrer dans la première cour.

Louise poussa un bref cri de frayeur lorsqu'une poigne ferme la saisit à l'épaule, par-derrière.

– Eh bien ! voyez-vous ça : une revenante ! Et on peut savoir où tu étais passée ?

Louise se détendit en reconnaissant la voix grave et virile du sergent-chef Fabrice Moulin. Elle pivota pour lui faire face et parvint à s'extirper un pâle sourire.

– Je… je ne sais pas… J'ai eu… besoin de prendre l'air… De réfléchir et de me…

– Ne me raconte pas d'histoire ! trancha le pompier massif, d'une voix plus sèche. Tu t'es dégonflée, c'est tout ! Tu as eu peur pour ton petit cul !

Sa voix se radoucit d'un coup et il ajouta, en lui caressant doucement la joue du revers de sa grosse main :

– Allez, avoue-le, quoi ! il n'y a pas de honte à reculer devant l'obstacle, tu sais ? Ce n'est pas la peur qui est infamante, c'est de ne pas oser l'affronter. Tous les pompiers ont eu ou ont encore peur, mets-toi bien ça dans le crâne ! Et moi le premier… Mais il faut savoir passer au-delà, si on veut la vaincre. Être plus fort qu'elle…

Alors, après s'être raclé la gorge, et en serrant

involontairement les poings, Louise s'entendit répondre, d'une voix qui la surprit elle-même par sa fermeté :

– C'est vrai que j'ai eu peur, chef. Mais je suis revenue pour ça. Pour tenir ma parole et faire ce pour quoi on m'a fait venir ici ce soir…

– À la bonne heure ! s'exclama Fabrice Moulin, en l'entraînant vers le petit couloir conduisant à la cour intérieure où avait eu lieu la petite « sauterie ». Alise doit être en train de siroter une dernière coupe de champagne, je suis sûre qu'elle va être ravie de ce petit supplément de programme. Il n'y a plus qu'elle et moi, mais, à trois, il y a moyen de passer un très bon moment quand même, tu sais…

Louise fut prise d'un frisson désagréable, en imaginant ce que Fabrice entendait probablement par « un bon moment ». Mais elle le suivit quand même, résolue à tout.

Au milieu de la cour intérieure trônait encore le « Premier secours », le camion d'intervention que Fabrice Moulin, pensa Louise, avait probablement prévu de ramener lui-même jusqu'à son point d'attache.

Sous le préau, dont les lumières étaient toujours allumées, elle découvrit Alise de Madridejos, à demi étendue sur un canapé de velours vert, façon Madame Récamier, une coupe de champagne presque vide à la main.

Elle avait revêtu une sorte de déshabillé de soie blanche, translucide, qui ne cachait pas grand-chose de son corps voluptueux, aux proportions parfaites.

En s'approchant, toujours escortée par Fabrice

Moulin, Louise put constater que la rousse arborait deux profonds cernes sous ses magnifiques yeux d'un bleu magnétique.

La rançon des débordements charnels auxquels elle avait dû se livrer durant toute la soirée.

– Tiens ! une revenante ! s'exclama Alise, sans se douter qu'elle employait exactement la même expression que Fabrice Moulin, une minute plus tôt. J'avais peur que tu ne nous aies faussé compagnie, ce qui n'aurait pas été très gentil pour nous… et surtout pour moi !

Louise Humières s'abstint prudemment de répondre que c'était précisément ce qu'elle avait eu l'intention de faire, dès le début de la soirée.

Elle ne bougea pas, lorsque, après avoir souplement quitté le canapé, Alise de Madridejos s'avança vers elle, en ondulant des hanches.

À travers la soie transparente de son déshabillé blanc, descendant jusqu'aux chevilles, Louise pouvait voir ses seins volumineux osciller lourdement, et, plus bas, le triangle flamboyant et dru de son intimité, tranchant violemment sur le blanc laiteux de ses cuisses amples.

Elle frissonna et eut un imperceptible mouvement de recul, lorsque les bras de la rousse entourèrent ses épaules, et que ses mains descendirent lentement le long de son dos, tandis que la poitrine d'Alise s'écrasait contre ses petits seins.

Elle se reprit aussitôt et, au prix d'un gros effort sur elle-même, parvint à s'abandonner passivement à la caresse de sa partenaire. Caresse de plus en plus précise, puisque, à présent, les longs doigts nerveux d'Alise palpaient ses fesses sans la moindre retenue.

– Tu aimes être caressée, n'est-ce pas ? murmura-t-elle à son oreille. Tu es un petit pompier vicieux, je l'ai tout de suite senti ! Un gentil petit soldat qui aime bien que l'on s'occupe de son corps ! Ne t'inquiète pas, on est justement là pour s'en occuper…

Le « on » employé par Alise fit brusquement se souvenir à Louise de la présence, quelque part, de Fabrice Moulin. Juste au même moment, elle sentit un corps dur et massif venir se plaquer contre elle, par-derrière. Et une sorte de barre raide et chaude chercher à s'incruster dans le sillon de sa croupe ronde et menue.

Louise sauta sur l'occasion pour se soustraire aux attouchements féminins qui, décidément, ne « passaient » pas, il n'y avait rien à faire. S'arrachant aux doigts fureteurs d'Alise de Madridejos, elle pivota sur elle-même et se jeta littéralement contre le torse nu et musclé du sergent-chef des pompiers. Qui, elle le constata, ne portait plus qu'un slip rouge, qui avait bien du mal à contenir une impressionnante érection.

– Eh bien ! dis donc : on dirait qu'elle est en manque, notre petite bénévole ! s'exclama-t-il, en glissant carrément ses deux mains entre son jean et sa peau pour venir palper plus à son aise sa croupe dure.

– Pas si bénévole que ça… eut la présence d'esprit de dire Louise, en se forçant à sourire.

Fabrice Moulin éclata de rire, tout en la débarrassant rapidement de son blouson, du tee-shirt qu'elle portait dessous, avant de s'attaquer à la fermeture de son jean.

Sans avoir trop compris comment, Louise se retrouva uniquement vêtue de sa petite culotte de coton rose, ornée d'une silhouette de Betty Boop, sur le renflement du pubis.

– C'est vrai qu'on t'a promis un petit paquet d'argent, nota Alise dans son dos, un peu sèchement. Mais il va falloir le mériter, ce fric…

Louise fit comme si elle n'avait pas entendu la remarque. Du reste, enveloppée dans les bras puissants de Moulin, écrasée contre son torse musculeux et poilu, sentant la barre chaude et raide de sa virilité s'incruster dans sa peau satinée et nue, elle commençait à s'amollir pour de bon. Et à sentir une sourde et agréable chaleur envahir le bas de son ventre.

Du coup, elle décida de faire comme si la rousse n'existait pas, et de se consacrer entièrement au superbe pompier que le hasard était en train de lui offrir.

Elle leva son visage vers lui, ferma à demi les paupières et entrouvrit ses lèvres légèrement humides. Fabrice Moulin l'embrassa avec une fougue brutale, qui acheva de mettre le feu aux sens de la jeune pompière.

D'elle-même, elle glissa ses doigts entre l'élastique du slip et la peau dorée de son partenaire, afin de le débarrasser de son ultime vêtement. Pendant que, de son côté, il lui rendait le même service.

Ils se retrouvèrent nus tous les deux. Louise baissa les yeux et découvrit une virilité de belle taille, noueuse, puissante, très brune, orgueilleusement pointée vers elle.

La chaleur moite qui inondait son ventre augmenta encore de deux crans…

Elle n'eut pas besoin de se forcer pour enrouler ses doigts autour de cette majestueuse hampe de chair, afin de la palper, la caresser de haut en bas, en apprécier le grain souple de la peau et la dureté.

Comprenant que toutes les barrières de la jeune fille avaient sauté, Fabrice Moulin ne prit plus de gants avec elle. Il plongea sa main droite entre ses cuisses un peu trop maigres et glissa ses doigts à l'intérieur de son ventre, qu'il découvrit onctueux comme du miel.

– Elle est trempée comme un canard, cette petite salope ! souffla-t-il, pendant que son autre main, par-derrière, s'insinuait entre les fesses de Louise, pour venir explorer l'orifice le plus secret de son corps.

– Aucune fille ne peut résister à ta superbe queue, mon amour ! gloussa Alise, juste derrière Louise. J'ai envie de te voir la baiser, maintenant ! L'enfiler jusqu'aux couilles ! Et que tu lui ramones le cul, à cette garce !

En plus du vocabulaire obscène qu'elle employait, Louise nota que la voix d'Alise de Madridejos, peut-être sous l'effet du désir, devenait de plus en plus commune, pour ne pas dire vulgaire. Le vernis de la grande bourgeoise se craquelait à toute vitesse…

– À vos ordres, Madame ! s'exclama Fabrice Moulin, en s'arrachant à la caresse de Louise et en la saisissant à bras-le-corps. On va la faire reluire comme il faut, cette petite caille en chaleur ! Au feu, les pompiers !

Il la souleva avec autant de facilité que si elle avait été une poupée de chiffons, et Louise en ressentit comme une sorte d'ivresse, un surcroît d'excitation, de se sentir totalement à la merci de cet athlète musclé et monté comme un prince.

Elle se laissa aller mollement sur le canapé où Moulin la jeta littéralement, et sur lequel elle retomba sur le ventre, les jambes repliées, la croupe en l'air.

– Position parfaite ! brailla le pompier, ne bouge surtout pas, je vais m'occuper de ton cas !

Louise frissonna lorsque les deux grosses paluches du sergent-chef empoignèrent ses hanches étroites. D'elle-même, elle cambra les reins, afin de faire ressortir le sillon de sa croupe, et surtout le superbe fruit mûr de son sexe, gonflé, luisant, nacré, qui s'épanouissait sous un fin duvet de poils blonds.

À présent, elle n'avait plus qu'une envie, tout son corps en tremblait d'impatience : que la verge royale du pompier prenne possession de son ventre en fusion, qu'il l'investisse de sa puissance et la fasse jouir aussi fort que possible.

– Vas-y, baise-moi maintenant ! haleta-t-elle, sans se rendre compte qu'elle venait de se remettre à le tutoyer, sous l'emprise du désir qui la possédait.

Un désir qui retomba en flèche, lorsqu'elle sentit le membre énorme venir s'appuyer contre le petit œillet plissé et fragile de ses reins.

Une douleur fulgurante lui traversa tout le bas du corps, lorsque la virilité surpuissante dilata en force ses chairs intimes. Elle hurla, puis rua avec une telle impétuosité qu'elle parvint à désarçonner le mâle qui venait de la harponner, et elle roula au bas du canapé.

– Non, pas ça ! hurla-t-elle, la voix déformée par la colère et la douleur. Je ne veux pas qu'on m'encule !

Jamais ! Ni vous ni personne !

– C'est ce qu'on va voir, petite connasse ! grinça alors Alise de Madridejos, dont le visage était enlaidi par une brusque flambée de haine. Nous, ça nous amuse de défoncer le cul des salopes coincées dans ton genre, et il va bien falloir que tu y passes, que ça te plaise ou non !

Malgré la panique qui avait commencé de s'emparer d'elle, Louise comprit que, en repoussant les avances saphiques de la rousse, elle s'en était fait une ennemie.

Une ennemie implacable et dangereuse…

Fabrice Moulin, arborant toujours sa formidable érection, sauta à son tour au bas du canapé et voulut saisir Louise entre ses bras, pour tenter de l'amadouer.

– Ça va, calme-toi ! commença-t-il, sur un ton conciliant. Si tu ne veux pas par là, je vais juste te…

Mais, à présent, la peur qui tenaillait Louise Humières était trop forte pour qu'elle puisse entendre raison. Sans trop savoir ce qu'elle faisait, elle gifla le pompier à toute volée, et se traîna contre le canapé où elle se recroquevilla.

– Je vous interdis de me toucher ! cria-t-elle, d'une voix à peine reconnaissable. Vous êtes des porcs, je vous déteste ! Des salopards de violeurs ! Je vais aller raconter ce qui se fait ici, et on verra si ça se passe comme ça !

– Tu n'iras rien raconter du tout, gronda alors la voix d'Alise de Madridejos. Et puis, puisque tu as parlé bêtement de viol, tu vas comprendre ce que ce mot veut dire. Car dis-toi bien que quand on a décidé qu'une petite pute dans ton genre devait être enculée, il faut qu'elle y passe ! Mais puisque tu fais la dégoûtée avec

Fabrice, c'est moi qui vais m'occuper de ton petit cul. Regarde ce que j'ai pour te rendre heureuse…

Machinalement, Louise tourna la tête vers Alise. Elle constata d'abord que celle-ci s'était débarrassée de son déshabillé et qu'elle était donc entièrement nue.

Mais il y avait autre chose. Un détail qui clochait et qui lui fit passer une coulée glaciale le long de la colonne vertébrale, lorsqu'elle comprit ce qui l'attendait.

Alise de Madridejos tirait derrière elle la LDT, la lance du dévidoir tournant, du camion Premier Secours qui était encore au centre de la cour intérieur.

Mais elle la tirait d'une drôle de manière.

Elle avait passé le gros tuyau noir entre ses cuisses. Si bien que l'embout métallique, par où l'eau devait sortir, semblait jaillir directement de son pubis roux.

Comme s'il s'agissait du sexe métallique, énorme, rigide et froid.

Le sexe d'un monstre bien décidé à s'en servir pour accomplir le viol qu'il avait en tête.

*

* *

Depuis un petit moment déjà, Sébastien Quardemonde contemplait d'un œil morne l'espèce de forêt tubulaire qui l'entourait. En l'occurrence, les chaises métalliques que le patron du *Celtic* finissait d'empiler sur les tables de son bistrot, pattes en l'air.

Il était un peu plus de minuit et demie, le café qui faisait l'angle des rues de l'Aqueduc et Demarquay, sur le flanc droit de la gare du Nord, était en train de fermer.

Et Louise n'était toujours pas là. Elle avait pas loin de deux heures de retard, ce qui ne lui ressemblait pas. Mais alors, pas du tout.

Naïma, la serveuse dont on avait toujours l'impression qu'elle était au bord des larmes, balayait les mégots, les papiers, les paquets de cigarettes vides et froissés, les écales de pistaches et de cacahuètes qui jonchaient le carrelage d'un jaune pisseux et aux jointures inégales.

Sébastien repoussa sur ses épaules ses longs cheveux bruns, légèrement bouclés et s'adressa un regard quelque peu énervé, dans le grand miroir piqué de rouille qui faisait face au zinc, lequel était maculé de cercles violacés, laissés par les ballons de rouge consommés par les clients qu'il avait vu défiler depuis le début de la soirée.

Et Louise n'arrivait toujours pas...

Sébastien Quardemonde sursauta lorsque la main grasse et blanche de Madame Martine, la patronne du *Celtic*, qu'il appelait familièrement « Dame Tartine », se posa sur son épaule droite.

– Va falloir que je ferme, mon garçon, grommela-t-elle de son ton habituel, à la fois bourru et maternel. Peut-être bien que la petite a eu un empêchement de dernière minute, allez savoir. Ou alors qu'elle a oublié votre rendez-vous. Je parie que vous allez la retrouver tranquillement endormie chez vous !

La phrase consolatrice de Dame Tartine agit comme un trait de lumière dans le cerveau fatigué et excédé d'attente de Sébastien Quardemonde.

Mais oui ! évidemment que ça devait être ça ! Louise avait oublié leur rencart, ou alors ils s'étaient mal compris, bref : elle était tout bêtement rentrée rue de Kabylie, dans le petit deux-pièces qu'ils occupaient ensemble au premier étage sur cour d'un immeuble miteux.

En un clin d'œil, Sébastien fut debout et se dirigea vers la porte, qu'il dut se baisser pour franchir, à cause du volet métallique déjà à demi fermé.

– Vous me notez tout ça ? demanda-t-il depuis le trottoir. Je passerai casquer demain après-midi…

– Pas de problème, mon garçon ! fit la voix assourdie de Madame Martine, derrière son comptoir.

Une fois dehors, Sébastien fut une fois de plus surpris par la tiédeur anormale qui régnait sur Paris en cette fin octobre. On se serait cru au mois de juin.

Il partit à grandes enjambées vers l'autre extrémité de la rue de l'Aqueduc, qui débouchait sur le boulevard de la Chapelle, juste au métro Stalingrad. De l'autre côté du boulevard, très légèrement décalé sur la gauche, c'était la minuscule rue de Kabylie où il habitait avec Louise Humières, depuis que celle-ci s'était fâchée avec ses parents.

Au moment où Sébastien s'engageait dans la rue en question, il vit quelqu'un déboucher de l'immeuble lépreux où se trouvait son studio. Un grand type, carré d'épaules, qu'il ne vit que de dos. Et vêtu d'un bizarre costume bleu marine, qui lui fit penser à une sorte d'uniforme.

Le type s'éloigna rapidement, et grimpa dans une grosse berline luxueuse, qui jurait violemment dans ce quartier de chômeurs et de RMistes, dont une forte proportion d'immigrés, officiels ou non.

Sébastien vit la voiture démarrer un peu sèchement et s'éloigner en direction de la rue Rébuffat, dans laquelle elle disparut.

Sébastien s'engouffra à son tour dans le corridor de l'immeuble. Et l'odeur habituelle lui sauta à la gorge, à laquelle il avait fini par se résigner, mais pas Louise. C'est vrai que, dans le 7e arrondissement d'où elle venait, on avait les narines plus délicates…

Il régnait dans la cage d'escalier un mélange olfactif de toilettes mal lavées, d'épices diverses et d'huile d'olive refroidie ; ainsi qu'une odeur de crasse plus générale, terriblement humaine, qui enrobait le tout. Assez *hard*, il fallait admettre…

Résigné, mais pas complètement habitué, Sébastien se dépêcha de franchir le corridor, passa devant le local à poubelles et poussa la petite porte en verre dépoli qui se trouvait à l'autre bout.

Il se retrouva dans une assez grande cour mal pavée, encombrée par un invraisemblable bric-à-brac, et flanquée de hauts murs noircis et gluants, à droite et à gauche. Il y avait là des vieux sommiers métalliques, des poussettes déglinguées, quelques pneus éventrés, des caisses de bois ou de plastique, des cartons déchirés, un pare-chocs de voiture plié en deux, et même une cage à oiseaux toute rouillée et à laquelle il manquait pratiquement deux barreaux sur trois ; sans parler des épluchures, des fruits pourris, des canettes vides, des quignons de pain moisis, bref: autant de détritus que les locataires, ou du moins certains d'entre eux, jetaient carrément par leurs fenêtres, sous prétexte que, la cour, « c'était déjà le bordel »…

À tout ça, il convenait de rajouter quelques préservatifs usagés, ainsi que deux seringues à l'aiguille cassée, qui n'avaient sûrement pas dû être utilisées par des infirmières diplômées d'État…

En face, se dressait un autre bâtiment, de quatre étages aussi, à la façade plutôt moins minable que celle du bâtiment donnant sur la rue.

Sébastien grimpa rapidement la volée de marches gémissantes qui le séparait de l'appartement.

Il fut très surpris de constater que la porte de bois, non seulement n'était pas fermée à clé, mais qu'elle était même entrebâillée. Il en fut à la fois satisfait et mécontent.

Satisfait parce que ça voulait dire qu'effectivement Louise était rentrée.

Et mécontent parce qu'il lui avait dit au moins cent fois que ce n'était pas prudent de ne pas s'enfermer, lorsqu'elle était seule dans l'appart.

Louise était là, en effet.

Sébastien la découvrit dans la minuscule chambre, qui constituait la deuxième pièce de l'appartement, après le « salon », qui était en fait la pièce à tout faire.

Louise était allongée nue sur leur lit, les jambes en chien de fusil, un bras replié sous la nuque et la tête inclinée sur le côté, comme si elle dormait.

Sauf que Louise ne dormait pas, Sébastien le comprit aussitôt.

Ou alors d'un sommeil d'une profondeur telle que rien ni personne ne serait plus capable de la réveiller.

D'abord parce que Louise avait les yeux grands ouverts. Des yeux fixes qui ne regardaient rien.

Et ensuite, parce qu'il y avait ce filet de sang séché, épais, noirâtre, qui semblait sortir directement de ses entrailles et maculait ses petites fesses rondes.

Enfin, il y avait ce teint cireux, terreux, qui donna l'impression à Sébastien Quardemonde que sa petite copine sortait tout droit d'un film d'horreur. Ce qui, d'une certaine manière, était bien le cas.

Sauf que l'horreur était bien réelle.

Et que Louise Humières était morte.

CHAPITRE III

En ouvrant la porte du bureau des « Affaires recommandées », la section reine de la célèbre Brigade mondaine, le commandant de police Boris Corentin fut tout surpris de se retrouver face à un Aimé Brichot souriant, respirant la joie de vivre et la sérénité.

Lui qui, le matin, pour reprendre l'expression de Rose et Colette, ses filles jumelles, avait plutôt tendance à « se la jouer Schtroumpf grognon »…

Ce qui n'empêchait pas le capitaine Brichot d'être, depuis des années, pour Boris Corentin, le plus efficace des coéquipiers, doublé du plus précieux des amis.

– Tu m'as l'air d'une humeur de première communiante, ce matin, observa Corentin, en se débarrassant de son blouson de toile légère. C'en est presque inquiétant…

– C'est vrai que je me suis réveillé d'excellente humeur, rétorqua Aimé Brichot, en relevant le nez de son clavier d'ordinateur. Et ça a duré… jusqu'à ce que tu franchisses le seuil de ce bureau, escorté par tes inévitables petites remarques mesquines !

Il lissa sa moustache, de ce geste machinal qui n'appartenait qu'à lui, et adressa à sa flèche[1] un petit sourire

1. Le premier des deux, dans une équipe de policiers.

pétillant d'ironie, derrière ses lunettes de myope léger :

– Même le fait que mon bus soit resté bloqué plus de cinq minutes d'affilée derrière un gros camion de pompiers n'a pas réussi à me faire perdre le sourire, t'as qu'à voir ! Ce doit être le temps, je suppose…

– Espérons que le soleil va continuer de briller, sans amener aucune ombre de contrariété sur ce beau visage viril qui est la fierté de la police française ! railla Boris Corentin, en prenant place derrière son bureau.

– Sauf que si tu continues comme ça, il se pourrait bien que je me laisse…

Aimé Brichot fut interrompu par la sonnerie du téléphone fixe, sur le bureau de Boris. Lequel décrocha sans attendre la deuxième sonnerie :

– Commandant Corentin à l'appareil… Ah ! bonjour, Monsieur le divisionnaire… Oui, oui, il est là, juste en face de moi, et la mine réjouie ! Bon, très bien… Immédiatement, je suppose ? Pas de problème, on accourt !

– C'était Baba[1] ? crut bon de demander Aimé Brichot, en quittant son fauteuil.

– Pas du tout, répondit Boris Corentin du tac au tac, c'était Laurent Fabius et François Hollande qui voulaient t'annoncer qu'ils se désistaient tous les deux en ta faveur, pour la prochaine élection présidentielle de 2007 ! Mais on ferait peut-être bien d'aller quand même demander à Baba s'il est d'accord pour te mettre en disponibilité, le temps d'un quinquennat qui s'annonce brillantissime…

1. Surnom donné par ses inspecteurs (quand il a le dos tourné, naturellement…) au commissaire divisionnaire Charlie Badolini, le patron de la BRP, la Brigade de répression du proxénétisme, autrement dit l'ancienne Brigade mondaine.

– C'est curieux, il y a des jours où j'ai vraiment du mal à me persuader que tu es bien le garçon intelligent qu'un vain peuple a la faiblesse de voir en toi ! grogna Aimé Brichot, en suivant sa flèche dans le couloir.

Une minute plus tard environ, les deux policiers poussaient la double porte capitonnée du bureau directorial et pénétraient dans le « saint des saints ». Déjà saturé par la fumée des cigarettes brunes et sans filtre que Charlie Badolini fumait du matin au soir, en ignorant superbement les différentes campagnes antitabac qui se succédaient pratiquement sans interruption depuis quelques années.

Boris Corentin repéra tout de suite la silhouette d'un homme, de dos, installé dans l'un des deux fauteuils de style Empire, que le commissaire divisionnaire réservait à ses visiteurs.

Au premier coup d'œil, Corentin subodora l'homme important, et très certainement « à son aise », comme on disait dans sa jeunesse. D'abord parce que le costume gris clair qu'il portait était d'une étoffe qui sentait son prix, et qu'il lui allait tellement impeccablement qu'il ne pouvait avoir été fait que sur mesures.

Sur mesures aussi, visiblement, les chaussures en peau qui enfermaient ses pieds, dont le gauche se balançait négligemment devant lui.

Mais surtout, il y avait dans l'attitude du visiteur de Badolini, une sorte d'aisance dédaigneuse, un air de ne pas s'être aperçu de l'entrée de deux nouveaux personnages, qui trahissaient l'homme de pouvoir. Habitué à commander et à être obéi. À inspirer le respect, ou la crainte, ou les deux.

– Monsieur, permettez-moi de vous présenter les deux hommes dont je viens de vous entretenir, dit alors Charlie Badolini, avec, dans sa voix éraillée par le tabagisme, une nuance de respect cérémonieux qui n'était pas dans ses habitudes : le commandant Boris Corentin et son coéquipier, le capitaine Aimé Brichot. Probablement les deux meilleurs éléments dont je dispose…

« *Pourquoi "probablement"?* », faillit demander Aimé Brichot, toujours d'humeur aussi primesautière. Mais il comprit à temps que l'ambiance n'était pas trop à l'humour farceur et il préféra se taire…

À la place, il alla prendre une chaise de bois contre le mur, sous la fenêtre donnant sur le quai des Orfèvres, afin de laisser le deuxième fauteuil « visiteur » à sa flèche.

– Messieurs, reprit Charlie Badolini, lorsque ses deux inspecteurs furent installés, voici Monsieur Arnaud Humières, conseiller référendaire à la Cour des Comptes, qui est arrivé directement chez nous depuis la place Beauvau…

Boris Corentin retint le soupir fataliste qui lui était monté spontanément aux lèvres. « Arrivé directement de la place Beauvau », dans leur jargon codé, ça signifiait qu'Arnaud Humières était dans les petits papiers du ministère de l'Intérieur, peut-être du ministre lui-même, et qu'il allait être hors de question de lui refuser quoi que ce soit. En plus, il s'agissait de se montrer aimable, à la limite du servile, ce que Corentin avait toujours eu le plus grand mal à faire.

Par curiosité, il tourna légèrement la tête vers le visiteur, pour voir à quoi il ressemblait. C'était un homme d'une petite cinquantaine d'années, blond, commençant à se dégarnir, le visage rond, mais dont la mollesse des traits était violemment démentie par un regard aussi dur, pénétrant et fixe qu'une double lame d'acier.

En plus, il flottait sur ses lèvres pâles une vague moue de dédaigneux ennui, qui déplut d'emblée à Corentin. Mais, bon : il allait falloir faire avec…

Charlie Badolini se pencha vers son puissant visiteur avec une sorte de sollicitude un peu forcée :

– Monsieur Humières, si vous voulez prendre la peine d'expliquer à mes hommes ce qui vous amène ici, je pense qu'ils seraient…

– Commissaire, j'ai horreur de me répéter, mon temps est trop précieux pour ça ! le coupa sèchement Arnaud Humières, d'une voix désagréablement métallique, et en regardant ostensiblement ailleurs. Puisque vous êtes déjà au courant, faites-le donc vous-même…

Corentin et Brichot n'avaient encore jamais entendu qui que ce soit parler à leur patron sur un ton aussi volontairement méprisant, et ils s'attendaient à le voir jaillir de son fauteuil, sous la pression de son authentique sang corse.

Au lieu de ça, le commissaire divisionnaire fit un violent effort sur lui-même et parvint à se contenir. Il devint d'abord écarlate, puis très pâle, avant de retrouver enfin sa couleur habituelle : gris parcheminé.

– Hem ! Bon… si vous préférez ça… bredouilla-t-il

d'une voix blanche, avant de se ressaisir pour de bon et de se tourner vers ses deux subordonnés : donc, la nuit dernière, pas très longtemps après minuit, Louise, la fille de Monsieur Humières, a été retrouvée morte, dans le petit appartement qu'elle occupait, rue de Kabylie.

– Retrouvée morte par qui ? demanda aussitôt Boris Corentin, en sortant machinalement son paquet de cigarettes légères de sa poche.

– Ça ne vous dérange pas de risquer de rendre malades les personnes qui vous entourent ? demanda Arnaud Humières, sur un ton glacial.

En retenant la réponse qui lui montait spontanément aux lèvres, Corentin remisa son paquet dans sa poche et regarda Charlie Badolini d'un air interrogateur.

– Disons que Mademoiselle Humières a été découverte par... un ami à elle, répondit le commissaire divisionnaire, après un regard oblique en direction du père de la victime, qui n'avait pas l'air concerné par quoi que ce soit. Un certain Sébastien Quardemonde.

Boris Corentin, que l'attitude absente du conseiller référendaire énervait prodigieusement, se tourna vers lui et demanda d'un ton très calme :

– Ce Sébastien Quardemonde : vous savez si votre fille couchait avec lui, ou pas ?

La commissure droite des lèvres d'Arnaud Humières se crispa imperceptiblement, durant une fraction de seconde, et ce fut sa seule réaction visible.

– Je suppose que oui, répondit-il sur un ton parfaitement neutre. Sinon, pourquoi aurait-elle perdu son temps à fréquenter ce... ce sal-tim-ban-que !

Il avait prononcé chaque syllabe du dernier mot comme on crache des bouchées de nourriture avariée. Charlie Badolini se hâta de reprendre la parole :

– En réalité, Mademoiselle Humières et Sébastien Quardemonde partageaient l'appartement en question depuis quelques mois. Depuis que Louise Humières avait quitté le domicile parental.

– Quel âge avait votre fille ? interrogea Aimé Brichot, en remontant machinalement ses lunettes.

– Vingt et un ans, répondit Arnaud Humières, comme si rien de tout cela ne le concernait.

– Elle était donc majeure et parfaitement libre de louer ce qu'elle voulait, avec qui elle le voulait, nota Boris Corentin. Et si vous nous précisiez de quoi est morte votre fille, Monsieur Humières ? Bien que ce sujet doive vous être pénible, il est indispensable que…

– J'ai l'habitude d'affronter des sujets pénibles, et je vous remercie de votre sollicitude, mais elle est inutile, le coupa le conseiller. Louise est morte d'une hémorragie interne.

Boris Corentin et Aimé Brichot échangèrent un regard incrédule, se demandant tous les deux dans quelle histoire surréaliste ils étaient en train de s'embarquer. Une hémorragie interne ? C'était du ressort de la médecine, pas de la police ! Et encore moins de la Brigade mondaine…

– Il va de soi que, si je suis là, c'est parce que cette hémorragie n'est pas survenue de façon naturelle, reprit Arnaud Humières, sur le même ton tranquille. D'après les premiers renseignements qui me sont parvenus du commissariat du 19e arrondissement, elle aurait été provoquée par l'introduction violente d'un objet contondant dans l'anus de ma fille.

Cette fois, le regard échangé par Corentin et Brichot fut totalement stupéfait. Sa fille venait d'être tuée dans des conditions probablement atroces, insupportables, et lui, son père, en parlait avec un calme total.

Pour dissiper le malaise qui s'était installé dans le grand bureau, Boris Corentin décida de « botter en touche ».

– Est-ce que vous pensez qu'on a volontairement assassiné votre fille, Monsieur Humières ? Est-ce que vous connaissez des gens qui pourraient lui en vouloir au point de…

– Je n'en ai aucune idée, inspecteur ! le coupa le conseiller, sur un ton brusquement exaspéré. En revanche, j'ai des exigences très précises, que votre ministre de tutelle a trouvées parfaitement recevables et légitimes : j'exige que vous fassiez toute la lumière sur les circonstances de la mort de ma fille, aussi rapidement et discrètement que possible ! Ne serait-ce que pour apaiser la douleur de sa mère…

« *Oui, parce que, évidemment, les tiennes doivent être tout à fait supportables !* », songea Aimé Brichot, à deux doigts de la nausée, face à un tel personnage.

À ce moment, Arnaud Humières se leva avec une certaine brusquerie :

– Pour les détails pratiques, je suppose que vous verrez ça avec votre commissaire et que vous n'avez pas besoin de moi, n'est-ce pas ?

–

Sans dire au revoir à qui que ce soit, il marcha vers la porte du bureau. Il l'avait presque atteinte, lorsqu'il se retourna, pour dire sur un ton qui laissait comprendre exactement le contraire :

– Bien entendu, je reste à votre entière disposition, si jamais vous avez besoin de moi !

Et il sortit sans ajouter un mot.

– Quel type odieux ! s'exclama Aimé Brichot, dès que Humières fut sorti, d'une voix qu'une indignation sincère faisait trembler.

– Oui, je me demande par quel miracle j'ai pu me retenir de lui flanquer mon poing sur la figure.

– Parce que ça n'entre pas dans vos attributions ! répondit sèchement Badolini, mais avec une ombre de sourire au coin des lèvres. Bon, il y a autre chose, que vous ne savez pas encore, messieurs.

– Et c'est quoi ? fit Brichot, en torturant nerveusement la pointe de sa moustache.

– Mademoiselle Humières avait une passion dans la vie : les pompiers…

Il y eut un petit temps de silence incrédule, qu'Aimé Brichot rompit de façon assez maladroite :

– Vous voulez dire que c'était une fan de la fellation, patron ?

– Brichot ! on n'est pas dans une cour de collège, ici ! Gardez vos plaisanteries d'adolescent prépubère pour vous ! le rappela sèchement à l'ordre Badolini, le faisant rougir jusqu'aux oreilles. Je veux dire que Louise Humières était passionnée par ce métier, au point de s'être engagée, il y a deux ans, comme pompier bénévole. Au grand dam de son père, si j'ai bien compris, qui trouvait ça pas assez…

– Pas assez noble pour quelqu'un d'une aussi illustre famille ? suggéra Corentin, un brin sarcastique.

– Quelque chose comme ça, admit Badolini, avec un petit sourire en coin.

– Cela étant, je ne vois pas bien le rapport avec la façon dont elle est morte, glissa Aimé Brichot.

– Il n'y en a probablement aucun, en effet, approuva le commissaire divisionnaire. Je vous donnais ça juste comme une info supplémentaire, voilà tout.

– À propos de cette mort, reprit Boris Corentin, il faudrait commencer par déterminer si Louise Humières a été assassinée délibérément, de cette manière assez… sauvage, disons, ou si elle s'est livrée à un jeu sexuel qui a mal tourné.

– C'est exactement ce que j'attends de vous ! approuva Charlie Badolini, en allumant l'une de ses cigarettes Job Spéciale, à haute teneur en nicotine et goudrons divers. Vous comptez commencer par quoi ?

– Par le commencement, patron, répondit Corentin du tac au tac, en se levant de son fauteuil. C'est-à-dire par la place Mazas, où je suppose que le corps doit se trouver[1]. En espérant que le corps en question sera plus « bavard » et coopératif que Monsieur Arnaud Humières !

– De toute façon, il ne pourra au moins pas être plus désagréable, conclut Aimé Brichot, en suivant sa flèche hors du bureau directorial.

1. C'est place Mazas, dans le 12e arrondissement, au bout du pont d'Austerlitz, que se situe l'institut médico-légal (IML), autrement dit la morgue.

Une heure plus tard, le temps de prendre connaissance du maigre dossier fourni par Charlie Badolini, la Peugeot 307 SW de service, gris métallisé, pilotée par Boris Corentin, pénétrait dans la cour arrière de l'IML, dont les murs de petites briques rouges paraissaient plutôt moins sinistres que d'habitude, probablement à cause du soleil qui les inondait généreusement sur toute leur largeur.

Boris Corentin et Aimé Brichot s'engouffrèrent à l'intérieur du bâtiment, situé au bord de la Seine d'un côté, et de la ligne de métro Bobigny – Place d'Italie de l'autre.

Ils remontèrent la galerie agrémentée de bustes en marbre un peu rébarbatifs, passèrent devant le bureau du directeur de l'Institut, puis devant la salle dite « des reconnaissances »: c'est là que l'on demandait aux familles, ou aux proches, de venir mettre un nom sur les cadavres à l'identité encore incertaine. Une épreuve qui laissait peu de gens indemnes…

Enfin, les deux policiers obliquèrent à gauche et pénétrèrent dans la salle des autopsies, entièrement carrelée de blanc, où l'odeur d'éther se mêlait à une autre, plus fade, plus insidieuse, mais aussi beaucoup plus difficile à supporter.

L'odeur de la mort elle-même.

Comme ils s'y attendaient plus ou moins, ils furent accueillis par le quasi inamovible docteur Flutiaux, médecin légiste de son état, petit homme tout en rondeurs joviales, qui ne se départait jamais de son sourire, pas plus que de son éternel nœud papillon à gros pois.

– Tiens ! tiens ! mais qui voilà ? s'exclama-t-il, en levant ses petits bras courtauds en V, à la façon d'un général de Gaulle qui aurait rétréci au lavage. Mais non, je ne rêve pas : ce sont mes joyeux duettistes préférés ! Les Éric et Ramzy de la Mondaine ! Les Charpini et Brancato de la police nationale ! Les Castor et Pollux du crime ! Alors, comme ça, ce serait à vous qu'on aurait refilé la petite jeune fille de la rue de Kabylie ? Toutes mes félicitations, c'est pas du banal ! De l'affaire pour virtuoses ! Comment vous vous débrouillez pour tirer toujours les meilleurs numéros ? Vous faites reluire une femme de ministre ou quoi ?

– Toubib, vous aviez déjà un humour navrant, soupira Corentin, mais voilà que vous devenez vulgaire, sur vos vieux jours. On se demande jusqu'où vous allez dégringoler, vraiment…

Le docteur Flutiaux ne se formalisa pas de la remarque. Il savait bien que c'était un jeu, entre Boris Corentin et lui. Au fond, il éprouvait une solide admiration pour ses exceptionnelles capacités « flicardes ». Et il savait que, de son côté, Corentin le prenait pour ce qu'il était : l'un des meilleurs médecins légistes de la place de Paris…

– Je viens tout juste de terminer, leur annonça-t-il, en se dirigeant vers une table de métal, au milieu de la pièce carrelée, sur laquelle était étendu un corps recouvert d'un drap blanc, que le docteur Flutiaux rabattit d'un cou sec, jusqu'à mi-cuisses.

Corentin et Brichot découvrirent une jeune fille

mince, blonde, aux traits fins, les seins menus et les hanches assez étroites.

Boris désigna de l'index la traînée de sang séché et noirâtre qui sortait d'entre les fesses de la victime :

– Vous pouvez m'en dire plus, sur la manière dont on lui a fait ça ?

– *That is the question*, n'est-ce pas ?, fit le docteur Flutiaux, avec un sourire en demi-lune et des yeux pétillants. Je dirais avec un embout métallique d'une trentaine de centimètres de long, plus étroit du bout que de la base, laquelle base était reliée à un tuyau de caoutchouc épais, lui-même relié à une arrivée d'eau courante.

Les deux policiers échangèrent un regard ébahi, avant que Brichot ne demande, d'une voix nettement incrédule :

– Vous êtes vraiment capable de déterminer tout ça à l'autopsie, toubib ?

– Tout dépend de ce que je trouve à l'intérieur du corps, répondit le docteur Flutiaux, en fourrant la main droite dans la poche de sa blouse.

– Et, là, vous avez trouvé quoi ? Et où ? demanda Corentin, vaguement impatienté par les « suspenses » que se ménageait le médecin légiste.

– Ceci ! répondit triomphalement Flutiaux, en ressortant la main de sa poche.

Il tenait entre le pouce et l'index un petit sachet de plastique transparent, contenant une sorte d'anneau métallique blanc, assez épais et large, d'environ quatre ou cinq centimètres de diamètre.

– On peut savoir ce que c'est ? demanda Aimé Brichot, les sourcils froncés, à cause de l'odeur d'éther qui commençait à l'incommoder.

– Figurez-vous que, quand je ne suis pas ici à découper des patients morts, j'aime beaucoup me livrer au jardinage, dans mon modeste pavillon de Bois-Colombes, répondit le docteur Flutiaux. Oh ! bien sûr, mon potager n'est pas le plus grand ni le plus beau du département, mais…

– Toubib ! on s'en tape, de vos hobbies du week-end ! explosa Corentin.

– Très bien, très bien ! fit le légiste, avec un petit air de dignité offensé, que démentait son regard pétillant d'ironie. Ce que je voulais dire, c'est que qui dit jardinage dit arrosage. Et ce que vous voyez là ressemble fichtrement à une bague servant à adapter un embout métallique à un tuyau d'arrosage. Et vous savez où je l'ai trouvé ?

– Dans le sexe de la victime ? hasarda Aimé Brichot, de plus en plus pâlichon.

– On brûle ! s'exclama le docteur Flutiaux. Je l'ai trouvé dans cette partie terminale du gros intestin que l'on appelle le côlon et qui…

– Ça va ! épargnez-nous vos tartines anatomiques ! le coupa Corentin. Vous voulez dire qu'on lui aurait enfoncé un tuyau d'arrosage dans l'anus, et que la bague de fixation de l'embout serait restée à l'intérieur.

– Scénario possible, approuva le médecin légiste. D'autant plus que, si c'est le cas, l'intromission a été pratiquée avec une telle violence que le côlon a été perforé sur plusieurs centimètres. D'où l'hémorragie interne, suivie de la mort du sujet. J'ajoute que la victime n'est pas morte là où son corps a été découvert : pas assez de sang sur place. On l'a tuée quelque part, avant de la ramener gentiment chez elle. Ce qui part plutôt d'un bon sentiment, je trouve…

Boris Corentin n'écoutait plus l'humour faussement cynique du docteur Flutiaux.

Parce qu'une idée venait de lui traverser l'esprit. Lorsque le médecin légiste avait évoqué son hobby, le jardinage, Boris avait, par association d'idées, repensé à celui de Louise Humières : la lutte contre les incendies.

Et, maintenant, il se disait que ce n'était pas forcément un tuyau d'arrosage de jardinier qui avait tué la malheureuse fille.

Ça pouvait aussi être *une lance de pompier*.

Chapitre IV

Alise de Madridejos alluma sa cigarette au goût oriental – qu'elle se faisait rapporter directement de Turquie –, reposa le gros briquet d'or blanc sur la table basse en verre fumé et se laissa aller dans le profond canapé de soie grège, encombré de coussins gris perle et noirs. Dans le mouvement qu'elle fit vers l'arrière, les pans de son déshabillé de satin noir s'écartèrent sur ses cuisses laiteuses, jusqu'au buisson flamboyant de son ventre parfaitement plat.

D'un geste sec du pouce, Alise enfonça la petite touche verte de sa télécommande, et, au moment précis où elle soufflait une première bouffée de fumée bleutée vers le plafond à caissons rectangulaires, une image apparut sur l'écran plasma de la télévision, fixée à même le mur, en face du canapé, entre les deux fenêtres donnant sur l'arrière du petit parc clos de hauts murs de pierre.

Des hommes aux visages maculés de sueur et de suie, aux traits déformés par l'effort et la fatigue ; par la peur aussi. Des hommes tous vêtus de la même combinaison noire, à bandes fluorescentes, faite d'aramides, cette nouvelle famille de nylon composé de Nomex et de

Kevlar. Des hommes dont la tête était protégée par un casque enveloppant, à visière transparente et amovible. Des hommes qui combattaient des flammes si gigantesques et des fumées d'une noirceur telle qu'elles semblaient jaillir tout droit des enfers.

Des pompiers. En pleine action.

Le son de la télé était réglé très bas, mais on entendait distinctement tout de même les cris, les appels de ces combattants du feu, les ordres qui fusaient, les sirènes des véhicules qui arrivaient ou repartaient, les hurlements des gens autour d'eux ; tout cela sur fond d'un perpétuel ronflement, qui était celui de l'incendie lui-même.

Alise eut un sourire ravi, presque extatique, et se laissa emporter par ce qu'elle voyait sur l'écran et par ce qu'elle entendait.

Pour elle, la plus belle des symphonies, le plus envoûtant des spectacles.

Dehors, le temps était toujours aussi superbe, aussi estival. Un soleil radieux inondait le petit parc de mille trois cents mètres carrés – petit dans l'absolu, mais immense pour cette partie du 7e arrondissement, située entre les rues de l'Université et Saint-Dominique, à quelques dizaines de mètres de l'esplanade des Invalides.

Alise se concentra sur ce qui se passait sur l'écran plat. La grande échelle venait d'être déployée, à l'aplomb du bâtiment voisin de celui qui brûlait, et un jeune pompier était en train d'y grimper, lesté du sac jaune citron contenant son matériel de sauvetage : corde, descendeur, mousquetons, harnais, cuissard, poulie, triangle d'évacuation et anneaux cousus.

Comme animée d'une vie propre, la main droite de la jeune femme, aux ongles rouge sang, se glissa entre les pans de son déshabillé et descendit lentement le long de son ventre, en décrivant, par jeu, quelques molles arabesques autour du nombril.

Lorsque le bout de ses ongles atteignit l'orée de sa toison rousse, Alise fut prise d'un délicieux frisson. Scotchées à l'écran plasma, ses pupilles se dilatèrent quelque peu, au centre de leur iris azuréen.

Du plus loin qu'elle se souvînt, Alise de Madridejos avait toujours été fascinée par les pompiers. Dès l'époque où, petite fille de la banlieue de Lille, elle s'appelait encore Muriel Coulon, fille cadette de Gérard et Sylviane Coulon, quincailliers à Roubaix.

À l'âge où, dans la cour de l'école, ses petites copines voulaient être infirmières ou institutrices, voire chanteuses ou animatrice de télé pour les plus ambitieuses, elle avait plutôt des projets de garçons et ne rêvait que de camions rouges, de casques d'argent, d'uniformes de cuir, de sirènes mugissantes et de grande échelle.

Sauf que, contrairement aux garçons, Muriel Coulon ne voulait pas *être* pompier : elle désirait *vivre avec* les pompiers. Les approcher, les côtoyer, se frotter à eux…

Dans sa petite cervelle de gamine de sept ou huit ans, et sans qu'elle en eût encore conscience, les combattants du feu, dans leur superbe uniforme, représentaient déjà le sommet de la virilité. Sa quintessence.

Parfois, avec le recul, et une nuance d'attendrissement

sur soi-même, Alise se disait que, dès cet âge précoce, alors même que le feu de la sexualité ne s'était pas encore allumé dans sa tête ni dans son ventre, elle savait déjà à qui, le moment venu, elle ferait appel pour l'éteindre…

Et le plus étrange, c'est que, quelques années plus tard, tout s'était déroulé exactement comme la petite Muriel de huit ans le prévoyait confusément.

Elle se demandait encore parfois, comment ses parents avaient pu lui donner la permission d'accompagner sa copine Lydie, au traditionnel bal des pompiers du 14 juillet, à Tourcoing, alors qu'elle venait tout juste de fêter ses quinze ans, deux semaines plus tôt.

Toujours est-il que, sans peut-être se rendre compte que leur « gamine » était en train de devenir une superbe adolescente pulpeuse, à la poitrine opulente, à la bouche gonflée et aux regards un peu trop fiévreux, Gérard et Sylviane Coulon avaient dit oui. Avec promesse de ne pas rentrer plus tard qu'une heure du matin.

Non seulement Muriel avait promis, mais elle avait tenu scrupuleusement cette promesse, étant de retour à la maison à une heure moins dix très exactement.

Sauf que, entre onze heures et demie et minuit, dans le garage de la caserne de Tourcoing, entre les véhicules d'intervention au repos, elle avait perdu son pucelage sous les coups de reins délicieux de Jean-Karim, un « vieux » pompier de vingt-quatre ans, d'origine franco-marocaine.

Comme toutes les adolescentes, Muriel avait bien sûr entendu parler des affres de la « première fois », des douleurs qu'entraînait la perte de sa virginité chez une fille, sans même parler des traumatismes possibles et durables...

Pour elle, ça n'avait été quasiment que du bonheur. Pratiquement pas la moindre douleur, aucun traumatisme. Mais, presque tout de suite, le plaisir fou de se sentir rouler entre les bras d'un homme, d'être caressée, palpée, explorée, investie, fouaillée. La joie de manipuler ce pieu de chair à la fois si doux et si dur, de le sentir prendre vigoureusement possession de son ventre en feu, pour finir par y exploser en mille gerbes chaudes et lactescentes...

Bref, dès cette première fois, sous les coups de boutoir de Jean-Karim, Muriel Coulon était devenue une inconditionnelle des jeux du sexe. Une « accro de la fourrette », comme l'avait affirmé un peu plus tard sa copine Lydie.

Et, d'une façon définitive, dans l'imaginaire érotique de Muriel, la notion d'excitation et de plaisir était devenue inséparable de la silhouette d'un beau, jeune et athlétique pompier, sanglé dans son uniforme...

Alise de Madridejos sortit de sa rêverie nostalgique, pour s'intéresser de nouveau à ce qui se passait sur l'écran de télé, sur cette cassette qu'elle connaissait pratiquement par cœur à force de l'avoir visionnée.

Elle fut à peine surprise de constater que ses doigts étaient à présent enfouis au centre de son sexe débordant de désir, agaçant délicieusement le gros bouton luisant et dur, niché tout en haut de ses replis nacrés.

Les pointes rouges de ses seins, tranchant sur le blanc laiteux de sa peau, étaient totalement érigées et lui faisaient presque mal, à force de tension.

Entre le pouce et l'index, elle pinça son clitoris, ce qui lui arracha un sourd gémissement et fit s'arquer tout son corps, vautré sur le canapé.

Puis, bercé par la houle du plaisir qui naissait lentement sous le bout de ses doigts experts, son esprit se remit à battre la campagne…

Elle laissa son regard bleu magnétique errer sur les murs blancs du grand salon, ainsi qu'au-delà des deux grandes fenêtres donnant sur le parc inondé de soleil.

Le parc, l'hôtel particulier de la rue Surcouf… Autant de signes extérieurs de richesse qui, au fond, la laissaient assez indifférente.

Ou plutôt, non : en temps ordinaire, elle était très satisfaite de la chance qu'elle avait eue, de se faire épouser par le richissime *marquès* Alberto de Madridejos, de vieille et illustre noblesse castillane. Elle était ravie, la plupart du temps, de pouvoir jeter l'argent par les fenêtres, de vivre exactement comme il lui plaisait.

Ravie aussi que cette fortune lui ait permis, deux ans plus tôt, de racheter *cash* la caserne désaffectée de Saint-Ouen, sans même avoir à en parler à son mari. Caserne qui était devenue temple : celui de ses plaisirs.

Mais, lorsque le désir d'un homme prenait possession d'elle, de son corps voluptueux et de son esprit enfiévré, l'argent, la position sociale, la renommée : rien de tout cela ne comptait plus. Alise de Madridejos redevenait la petite Muriel Coulon, à la sexualité trop précoce, qui ne rêvait que de rouler entre les bras d'un beau pompier musclé et vigoureux.

Et, encore maintenant, comme ça se produisait déjà dans son petit lit d'adolescente, lorsque ses mains trouvaient naturellement le chemin de son ventre baigné de désirs, c'étaient des images de flammes et de fumées qui lui venaient à l'esprit. Et c'est l'affolant parfum de suie et de sueur des pompiers en action qui faisaient palpiter ses narines, dilatées par le plaisir qu'elle se donnait.

Des pompiers, après Jean-Karim, elle en avait connu d'autres, beaucoup d'autres. Toujours plus d'autres. Si bien que, rapidement, dans son coin de province, Muriel s'était taillé une solide réputation de salope. De Marie-couche-toi-là. Réputation qui avait fini par venir aux oreilles de son père.

La scène avait été terrible, il l'avait giflée à tour de bras en hurlant qu'il la tuerait si elle recommençait.

Comme elle était bien décidée à recommencer, et qu'elle voulait continuer à vivre, Muriel Coulon avait quitté Roubaix dès la semaine suivante et n'y avait plus jamais remis les pieds. Elle n'avait jamais non plus revu ses parents.

Une fois à Paris, elle avait facilement trouvé du travail dans différents bars, de plus en plus opulents et chic à mesure qu'elle prenait de l'assurance. Des établissements où sa plastique avantageuse et son sens naturel du « contact » faisaient merveille auprès de la clientèle masculine, généralement plus âgée qu'elle… et beaucoup plus riche.

À cette époque, Muriel – qui s'était rebaptisée Alise,

pour faire plus « classe »... – ne dédaignait pas d'arrondir ses fins de semaines en « couchant utile », avec tel ou tel client auquel elle avait tapé dans l'œil et qui, en la quittant après leurs ébats, ne manquait jamais de laisser quelques billets sur la table de chevet...

Mais, même lorsqu'elle jonglait entre trois ou quatre amants friqués, il lui arrivait encore, les soirs de vague à l'âme et de feu au ventre, d'aller traîner du côté des différentes casernes de pompiers de Paris et d'en ramener un chez elle, à qui elle se donnait pour rien.

Un ou deux, même...

Et puis, un soir, la porte du club privé où elle était responsable du bar avait été poussée par Alberto de Madridejos. Et, d'instinct, Muriel-Alise avait compris que sa vie allait bifurquer dans une nouvelle direction.

Le nouvel arrivant avait onze ans de plus qu'elle, comme elle l'apprit dès ce premier soir, mais il y avait quelque chose d'enfantin, dans son visage régulier et fin, qui lui donnait l'impression attendrissante d'être quelque chose comme sa sœur aînée.

Alberto de Madridejos, bien qu'Espagnol, parlait un français pratiquement parfait. Il était beau, avec ses grands yeux sombres et ses épais cheveux noirs, d'une élégance naturelle et simple qui est la véritable élégance. Sa voix était douce, un peu mélancolique, ses gestes avaient de la grâce. Et il possédait cette culture raffinée qui l'amenait à ne jamais écraser son interlocuteur, mais au contraire à le hisser jusqu'à lui, sans avoir l'air de le faire.

Mais, surtout, Muriel avait compris qu'il était d'une

famille illustre et immensément riche.

Et que, en plus, il était, d'emblée, avec une violence que seuls connaissent les vrais timides, tombés irrémédiablement amoureux d'elle.

Ça lui avait pris onze mois, avant qu'Alberto ne lui rende complètement les armes et la demande en mariage. Onze mois à lui faire tirer la langue, à le faire baver de désir, sans rien lui accorder ou presque : du grand art… C'est comme ça que, un superbe jour de juin, Muriel Coulon était devenue la *marquesa* Alise de Madridejos.

Les parents d'Alberto ayant eu le bon goût de mourir tous les deux à quelques mois d'intervalles, l'année suivant ce mariage qu'ils avaient violemment désapprouvé, les jeunes époux étaient alors allés passer quatre années en Espagne, se partageant entre leur hôtel particulier de Madrid et leur immense propriété campagnarde d'Aranjuez, à une quarantaine de kilomètres au sud de la capitale espagnole.

Très vite, grâce aux efforts méritoires qu'elle avait faits pour apprendre et adopter les codes de son nouveau monde, Alise était devenue une figure en vue de la haute société, madrilène d'abord puis européenne, courant d'une soirée à une première, d'une réception mondaine à un gala de bienfaisance, partageant son temps entre Munich, Londres, Paris ou Monaco. Dans les pages *people* et mondaines des journaux, on présentait Alise et Alberto de Madridejos comme un modèle de couple glamour, brillant, uni, amoureux.

La réalité était rapidement devenue tout autre. Au

bout de six mois de mariage, Alise avait définitivement fermé la porte de sa chambre à son mari.

Et, surtout, après une courte accalmie, elle s'était remise, dans la plus grande discrétion, à hanter les quartiers où elle savait que se trouvait ce qui était à ses yeux le plus beau palais du monde.

Une caserne de pompiers.

Est-ce l'impunité qui avait fini par endormir sa méfiance ? Avec le recul, Alise ne parvenait toujours pas à comprendre comment, un soir, elle avait pu être assez imprudente, assez folle pour embarquer trois pompiers madrilènes dans sa Mercedes et les emmener à Aranjuez, dans la propriété de famille des Madridejos, bordée par les eaux lentes du Tage.

Il faut dire qu'elle avait joué de malchance, en plus. Car on était jeudi et il était prévu qu'Alberto ne rentrerait de son voyage d'affaires, à Barcelone et à Valence, que le vendredi dans la soirée.

Seulement, il était bel et bien rentré le jeudi, en fin d'après-midi. Et, quand il avait poussé la porte du salon, il y avait trouvé sa femme, en effet.

Mais elle n'était ni seule ni inactive.

Elle chevauchait un homme couché sur le dos, s'empalant à toute vitesse sur son sexe tendu et luisant.

Pendant que, agrippé à ses hanches, un deuxième violait ses reins de toute sa puissance.

Quant au troisième, il observait le tableau et se masturbait tranquillement en attendant son tour.

Ils étaient tous si absorbés que personne n'entendit ni ne vit le marquis de Madridejos s'encadrer dans la porte ouverte, puis la refermer sans un mot, le visage exsangue, avant de se diriger d'une démarche d'automate vers sa chambre, située à l'étage supérieure…

Alise poussa un profond soupir et retira ses doigts de son ventre. Le désir l'avait quitté d'un coup. Même le spectacle des pompiers luttant contre le feu, à la télé, ne parvenait plus à l'intéresser.

Pourquoi avait-il fallu que son esprit revienne évoquer cette soirée fatale d'Aranjuez ? À la suite de laquelle plus rien n'avait été pareil…

Alberto de Madridejos ne s'était jamais expliqué officiellement sur les raisons qui l'avaient poussé, ce soir-là, à mettre le feu à sa chambre, après s'y être enfermé.

Lorsque l'odeur de fumée était parvenue jusqu'au salon du rez-de-chaussée, où Alise hurlait son plaisir, il était déjà trop tard : les flammes avaient déjà dévoré la porte et s'étaient engouffrées dans l'escalier, en interdisant l'accès.

Et les trois jeunes pompiers, privés de tout moyen de lutte contre le feu, n'avaient pu qu'entraîner Alise *à l'extérieur* de la maison, pour la mettre hors de danger.

Ce n'est que quelques minutes plus tard, en faisant le tour de la maison pour chercher tout de même un moyen de lutter contre l'incendie, que les trois hommes avaient découvert, dans l'herbe, à l'aplomb de sa chambre, le corps recroquevillé et inerte d'Alberto de Madridejos. Qui, malgré sa volonté d'en finir, avait tout de même eu, face aux flammes qui enveloppaient son corps, un réflexe de survie et avait sauté par la fenêtre.

Tous ses cheveux avaient brûlé, son visage n'était plus qu'une répugnante et atroce plaie noirâtre, sans lèvres et pratiquement sans peau intacte.

Et, en sautant, il avait définitivement perdu l'usage de ses jambes.

Il n'avait jamais été question de divorce, entre Alise et Alberto, malgré la tragédie. Ils n'en avaient même jamais reparlé ensemble, par une sorte d'accord tacite.

Le marquis de Madridejos avait passé plus d'un an entre les mains des plus grands spécialistes en chirurgie plastique. Qui avaient réparé ce qu'ils avaient pu de son visage atrocement brûlé, mais n'avaient pas été capables de lui rendre figure humaine.

Et les mois de rééducation intensive n'avaient pas non plus rendu l'usage de ses jambes au blessé.

Trois mois après avoir renoncé à toute nouvelle intervention, le temps de réaliser les aménagements indispensables, Alberto de Madridejos avait informé son épouse légitime qu'ils vivraient désormais à Paris, dans l'hôtel particulier de la rue Surcouf, dont il avait l'intention de ne plus sortir jusqu'au jour de sa mort.

Il l'avait également averti qu'il faisait venir avec eux Ramona Huercal, la gouvernante qui l'avait élevée et qui lui était restée totalement dévouée, en dépit des années : c'est elle qui, désormais, et à l'exclusion de toute autre personne, s'occuperait de lui.

Alise avait trouvé l'arrangement inespéré. Vivre à Paris ! Débarrassé d'un mari calfeutré dans sa chambre comme dans un tombeau ! Libre de faire tout ce qu'elle voulait… et *avec qui elle* le voulait !

Paris, cette ville où les pompiers étaient si avenants, si jeunes, si vigoureux, si complaisants... C'était un avenir de fête et de plaisir qui s'ouvrait devant elle...

Alise revint brusquement à la réalité présente, lorsque la cassette s'arrêta, parvenue en bout de course, et que le silence emplit le grand salon.

Elle s'étira voluptueusement et jeta un coup d'œil sur la pendulette de nacre et d'or qui trônait sur la cheminée. Ses sourcils se froncèrent imperceptiblement.

« *Onze heures et demie : qu'est-ce qu'il peut bien faire encore ? On avait pourtant bien dit onze heures ici...* », songea-t-elle, en se levant paresseusement du canapé.

Alise avait horreur qu'on la fasse attendre. Et surtout lorsqu'il s'agissait de l'un de ses amants. Ce qu'était précisément Fabrice Moulin.

Fabrice Moulin qui, depuis la veille, était devenu autre chose de plus que son amant.

Son complice.

Complice du meurtre qu'elle, Alise de Madridejos, avait perpétré sur la personne de Louise Humières, jeune pompière bénévole qu'elle avait, sous le coup de la colère, sauvagement violée avec la lance du dévidoir tournant. Si sauvagement qu'elle lui avait perforé les organes et que cette idiote était morte en quelques minutes, se vidant de son sang, le corps tordu par d'atroces souffrances.

En se dirigeant machinalement vers l'une des fenêtres donnant sur le parc inondé de soleil, Alise eut un petit sourire froid.

Au fond, elle s'en fichait, de la mort de cette fille. Comme elle se fichait généralement de tout ce qui n'était pas elle-même, ses intérêts ou ses plaisirs.

Et puis, heureusement, après un court moment de panique, Fabrice et elle s'étaient parfaitement ressaisis et avaient efficacement fait tout ce qu'il fallait pour éloigner le danger d'au-dessus de leurs têtes.

Alise croisa ses avant-bras sur l'un des croisillons de la haute fenêtre et posa son front contre ses poignets, s'absorbant dans la contemplation du tilleul majestueux qui occupait le centre du parc. Et qui, probablement à cause de l'exceptionnelle température de cette fin d'octobre, avait encore pratiquement toutes ses feuilles vertes.

Elle ferma les yeux, avec un délicieux sentiment de toute-puissance et d'invulnérabilité. Elle était trop intelligente, trop riche, trop puissante, pour que qui que ce soit fasse jamais le lien entre cette Louise Humières et elle.

À part ses « chères amies », peut-être, et aussi les jeunes mâles qui, la veille, leur avaient servi d'étalons. Mais, les unes comme les autres, et pour à peu près les mêmes raisons, Alise savaient très bien qu'ils n'iraient pas se vanter de la petite « sauterie » à laquelle ils avaient participé.

Donc, elle était tranquille de ce côté-là. Quant à la police… on savait ce qu'elle valait ! Et pourquoi iraitelle remuer ciel et terre pour découvrir comment était morte une petite pompière bénévole dont tout le monde devait se foutre comme de l'an quarante ?

Lorsque Fabrice Moulin l'avait habilement interrogée, avant de lui proposer de se joindre à elle, est-ce qu'elle ne lui avait pas dit qu'elle était brouillée avec ses parents et ne les voyait plus ? Qu'elle vivait seule et n'avait pas de petit copain ? Donc, là encore, tranquillité absolue. Passez muscade !

Et puis, il y avait un autre sentiment, plus trouble, encore inconnu d'elle, qui emplissait l'esprit d'Alise et y entretenait une sorte de feu couvant.

La veille, lorsqu'elle avait empoigné les hanches étroites de Louise, maintenue solidement par Fabrice, et que, d'un coup de reins puissant, elle lui avait perforé les entrailles avec l'embout de la lance coincée entre ses propres cuisses, elle avait ressenti une sorte de puissance, délicieuse, affolante, incomparable.

Quand sa victime s'était mise à hurler et à gigoter pour lui échapper, Alise avait même cru qu'elle allait se mettre à jouir, sans même avoir besoin de se toucher.

Évidemment, tout de suite après, ça s'était gâté et le jeu avait tourné court. Mais Alise, qui n'avait pourtant jamais été attirée par les personnes de son sexe, ne pouvait repenser sans en être violemment troublée, à la manière dont elle avait possédé cette fille, dont elle s'était enfoncée en elle, pour la soumettre à son pouvoir…

Le bruit de la porte s'ouvrant puis se refermant, dans son dos, dissipa d'un coup l'évocation trouble à laquelle Alise se laissait aller. Ses tympans perçurent le crissement d'une paire de bottes sur le parquet ancien, et les craquements secs du cuir la firent frissonner.

Car elle savait que l'homme qui venait d'entrer sans avoir pris la peine de s'annoncer ne pouvait être que le sergent-chef Fabrice Moulin.

Qui arrivait à pic pour éteindre le feu qui commençait à prendre possession de son ventre.

C'est elle qui lui avait fait faire un jeu de clés de l'hôtel particulier, de façon à ce qu'il puisse la rejoindre sans avoir à attirer l'attention de quiconque.

Et notamment celle de cette vieille salope de Ramona Huercal, qui, en bon chien fidèle qu'elle était, rapportait tout à Alberto, son maître, son dieu vivant.

Alise sentait que le pompier se rapprochait d'elle, de sa démarche souple et assurée. Sans se presser. Comme un fauve qui sait que sa proie ne pourra pas lui échapper.

Une proie qui, en l'occurrence, n'avait aucune envie de se soustraire à l'emprise de son prédateur...

Lorsque les deux grosses mains de Fabrice empoignèrent ses épaules et arrachèrent littéralement son déshabillé de satin, Alise crut qu'elle allait se mettre à crier de désir.

Puis, il se plaqua contre son dos et la jeune femme sentit son ventre se gonfler d'une chaleur moite et lourde, en sentant contre son dos le contact à nul autre pareil de la combinaison anti-feu, en fibre synthétique souple, que, comme chaque fois, Fabrice Moulin avait revêtu, dans la petite antichambre, avant de la rejoindre.

Car Alise lui avait formellement interdit, une fois pour toutes, de pénétrer jamais dans sa chambre autrement que revêtu de son uniforme de pompier en exercice.

Le souffle court, elle envoya sa main droite derrière son dos, cherchant à saisir le membre de son amant, au travers de son pantalon anti-feu. Elle n'eut pas à le chercher : la virilité lourde et dure jaillissait déjà du vêtement du pompier. Elle enroula avidement ses doigts autour, tandis que les mains de Fabrice emprisonnaient ses gros seins, en taquinaient les pointes tendues, avant de descendre s'enfouir dans la rousse forêt triangulaire qui marquait la jonction de ses cuisses laiteuses et entrouvertes.

Avec un gémissement rauque, Alise se retourna et se laissa tomber à genoux devant son amant. Lorsque ses lèvres coulissèrent autour de la verge fièrement dressée, le pompier émit un profond soupir de bien-être et tendit le ventre en avant, afin de coulisser plus profondément entre les lèvres pulpeuses et tièdes.

Alise enfouit sa main droite entre ses propres cuisses et imprima à ses longs doigts un rapide mouvement de va-et-vient, dans le fourreau trempé et brûlant de son ventre. Dans le même temps, elle se mit à pomper avec avidité le sexe qui emplissait sa bouche, en l'enroulant dans sa langue comme dans un fourreau vivant.

L'explosion chaude et parfumée de Moulin coïncida parfaitement avec l'orgasme qui secoua le corps d'Alise. Sous le fouet du plaisir, elle rejeta la tête en arrière, et les derniers jets de l'ondée virile vinrent lacérer son menton, ses joues et ses lèvres gonflées.

Au même moment, comme tombant du plafond à caissons, retentirent les accords sombres, douloureux, presque menaçants d'instruments à cordes jouant ensemble.

– Il recommence avec ça ! gronda Fabrice Moulin, en se rajustant, les yeux levés vers l'étage supérieur, celui où Alberto de Madridejos vivait reclus dans l'appartement qu'il ne quittait plus jamais.

– Évidemment ! soupira Alise, en ramassant ce qui restait de son déshabillé de satin. Il le fait exprès, à chaque fois que tu es là. Le quatuor *La Jeune Fille et la mort* : ça doit lui paraître vachement symbolique ! S'il s'imagine que ça suffit à me ficher la trouille, vraiment... Il me prend pour qui ? Pour une petite connasse qui a peur de son ombre ?

Mais, au moment où elle crachait ses mots, Alise sentit un frisson s'emparer d'elle, qui n'avait plus rien à voir avec le désir qui l'avait embrasée quelques instants plus tôt.

Et, bizarrement, elle eut en effet l'impression dérangeante que, aujourd'hui, la sublime musique de Franz Schubert s'était chargée de quelque chose de plus que d'habitude.

Quelque chose comme une menace encore imprécise.

Chapitre V

De nouveau la sonnerie se mit à hululer, faisant une nouvelle fois sursauter Boris Corentin.

C'est la première chose qu'il avait pu constater, lorsqu'Aimé Brichot et lui étaient arrivés, une heure plus tôt environ, à la caserne de pompiers dont dépendait Louise Humières, en tant que bénévole. Caserne située en Seine-Saint-Denis – dans le 9-3, comme on disait maintenant... – entre Paris et Clichy-sous-Bois. Son coéquipier et lui s'étaient aperçus que la sonnerie n'arrêtait pas de retentir, et qu'il y avait un code précis.

– Et, là, ça veut dire quoi ? demanda-t-il à Philippe Dubosc, le « piaf » [1] qui l'accompagnait et avait été chargé par sa hiérarchie de le piloter à travers la caserne.

De son côté, Aimé Brichot avait été également flanqué d'un autre « piaf », pour pouvoir circuler dans la caserne, située à l'entrée d'une zone commerciale.

– Deux coups brefs après le « ronfleur », répondit Philippe Dubosc, de son étrange petite voix flûtée : c'est pour annoncer le départ du Premier Secours. S'il y en avait eu trois, c'était pour la grande échelle... Normalement, vu l'heure qu'il est, la prochaine qu'on devrait entendre, c'est celle que tout le monde attend

1. Le piaf est un jeune pompier venant tout juste de terminer sa formation.

avec plus ou moins d'impatience : elle annoncera l'arrivée de la « soupe » !

Effectivement, Boris Corentin vit un groupe de pompiers foncer vers le PS, d'un rouge rutilant, et s'y engouffrer. Puis, le véhicule démarra rapidement et quitta la caserne au son de sa propre sirène.

– Vous voyez, on n'a pas le temps de s'ennuyer, quand on est pompier ! dit Philippe Dubosc, avec une sorte de fierté naïve dans la voix.

– Quand on est flic non plus… soupira Corentin, avec un petit sourire.

Et c'est vrai que la matinée avait été plutôt bien remplie, pour Aimé Brichot et lui. Ils avaient commencé par rendre visite à leur collègue du Ciat[1] du 19e arrondissement, dont faisait partie la rue de Kabylie, où avait été retrouvé le corps de Louise Humières. Avec l'espoir qu'ils pourraient leur fournir un ou deux indices intéressants, après leur première enquête de proximité.

– Tu comprends, avait expliqué Boris Corentin à Aimé Brichot, si le docteur Flutiaux a raison et que Louise Humières a été tuée ailleurs que chez elle, on a une chance que quelqu'un ait aperçu la personne qui a ensuite rapporté son corps dans l'appartement de la rue de Kabylie…

Espoir déçu : les policiers du 19e avaient interrogé tout le voisinage, mais personne n'avait rien vu ni entendu.

– En tout cas, c'est ce qu'ils prétendent, avait soupiré le lieutenant Chabert, qui les avait accueillis. Vous savez, dans ces immeubles à majorité d'immigrés, on ne

1. Abréviation courante pour « commissariat », dans le jargon des policiers.

peut pas dire que nous sommes très aimés, nous autres flics…

Ce qui était une aimable litote.

Ensuite, Corentin et Brichot s'étaient transportés jusqu'à Brie-sur-Marne, pour y avoir une petite conversation avec Sébastien Quardemonde, le petit ami de Louise Humières qui, très choqué, s'était réfugié chez ses parents.

Ils avaient trouvé un jeune homme effondré, qui essayait bien encore de crâner, mais qui ne parvenait même pas à réprimer le tremblement de ses mains.

La seule chose dont il s'était brusquement souvenu, c'était que, en arrivant rue de Kabylie, il avait vu sortir de son immeuble un homme jeune, « genre sportif », qui était monté dans une voiture de luxe, « genre Jaguar ou une connerie comme ça », et qu'il était parti avec. Sébastien ne l'avait vu que de dos, et, de toute façon, n'importe qui pouvait être sorti à ce moment-là, par simple coïncidence.

Le seul élément positif, mais qui ne leur avait fait gagner rien d'autre que du temps, c'est que Sébastien Quardemonde leur avait donné le nom et l'adresse de la caserne de pompiers dont dépendait Louise. À cette occasion, il leur avait également précisé que, depuis quelques jours, son amie semblait très excitée à l'idée de pouvoir passer professionnelle plus vite qu'elle ne l'espérait.

– Elle m'a dit qu'elle avait fait connaissance de gens, un homme et une femme, qui avaient pas mal de pouvoir et qui pouvaient lui donner un petit coup de pouce, avait-il expliqué aux deux policiers.

Malheureusement, Louise Humières ne lui avait pas donné les noms de cette femme et de cet homme providentiels… pour la bonne raison qu'il n'avait pas eu la curiosité de les lui demander.

Ensuite, Boris Corentin avait téléphoné à Charlie Badolini, afin qu'il les aide à organiser pour eux une visite à la caserne dont dépendait Louise Humières.

Car, en raison des consignes données par Arnaud Humières, il s'agissait de ne pas donner l'alarme à qui que soit, et surtout pas à d'éventuels journalistes un peu trop fouineurs.

Bien entendu, la nouvelle de la mort de Louise ne pouvait pas être tenue secrète. Mais, pour l'instant, officiellement, et notamment pour ses collègues pompiers, elle était décédée des suites d'une hémorragie interne, point barre.

Seulement, pour justifier de la venue de deux policiers à l'intérieur de la caserne, il avait bien fallu que Charlie Badolini mette au courant le responsable de celle-ci, le capitaine Jean-Louis Ferragio. En lui recommandant le silence le plus absolu sur cette affaire.

C'est comme ça que, aux environs de midi, Boris Corentin et Aimé Brichot se retrouvaient à la caserne en question, chacun flanqué de son « piaf », pour une enquête « de pure routine », concernant Louise Humières…

Ils s'étaient séparés pour plus de rapidité et d'efficacité. Boris Corentin espérait que la pêche de son coéquipier serait plus fructueuse que la sienne. Car, de son côté, pour l'instant, c'était le vide absolu, malgré la bonne volonté de son piaf, qui prenait sa mission de pilotage très au sérieux.

Philippe Dubosc l'avait conduit auprès de tous ceux de ses collègues qui connaissaient Louise Humières. Bien sûr, tous s'étaient montrés très tristes de sa brutale disparition, affirmant que c'était « une gentille nana », une « fille pas conne », un excellent pompier, et tout et tout.

Mais, en dehors de ça, personne ne paraissait la connaître plus intimement, personne n'avait été capable de lui donner ne serait-ce qu'un semblant d'indication sur ses activités en dehors de ses heures de présence à la caserne.

Tout en « marchant sur des œufs », selon l'expression favorite de Charlie Badolini, Boris avait cherché à savoir si quelques-uns de ses collègues connaissaient des choses concernant sa vie sexuelle. Il avait alors constaté qu'aucun parmi eux n'avait jamais couché ni même flirté avec Louise Humières.

Ce qui pouvait signifier deux choses, diamétralement opposées.

Soit la jeune femme menait vraiment une vie sage et rangée, avec son petit copain Sébastien, n'éprouvant pas le besoin d'expériences supplémentaires.

Soit, au contraire, elle avait une vie sexuelle tellement « riches » en perversions peu avouables, qu'elle préférait maintenir la cloison strictement étrange entre ses débordements et sa vie professionnelle.

Dans ce dernier cas, il devenait possible que sa mort

soit due non à un assassinat, mais à un jeu sexuel ayant dramatiquement mal tourné.

Boris Corentin en était à se dire que Brichot et lui perdaient leur temps, à arpenter la caserne comme ils le faisaient depuis plus d'une heure, lorsque son regard fut attiré par un petit attroupement, près du hangar où étaient stationnés les véhicules d'intervention.

Attroupement de sept ou huit pompiers, autour d'une sculpturale jeune femme à la chevelure flamboyante, vêtue d'une sorte de combinaison qui moulait ses formes généreuses avec une précision presque obscène. Boris vit qu'elle portait un gros appareil photo « argentique » autour du cou, plus un autre, numérique celui-là, à la main droite, avec lequel elle était en train d'essayer un cadrage.

Autour d'elle, les jeunes pompiers semblaient aussi affolés que des bourdons en rut autour de la reine des abeilles…

– Qui est-ce ? demanda-t-il à son « piaf », en lui désignant la rousse sculpturale, qui ne semblait pas du tout effarouchée, au contraire, par tous ses hommes en uniforme qui la pressaient de plus en plus près.

Un petit sourire égrillard se dessina sur les lèvres de Philippe Dubosc et ses yeux noisette se mirent à pétiller.

– Ah ! elle ! dit-il d'une voix caressante. C'est une vedette, chez les pompiers ! Une femme unique, extraordinaire ! Je ne savais pas qu'elle devait passer aujourd'hui…

– Mais encore ?

– Elle s'appelle Alise de Madridejos, c'est espagnol

comme nom. Mais elle, elle est française comme vous et moi, hein ! c'est son mari qui est espingo. Elle est bourrée de thune, y en a même qui disent qu'elle est baronne, ou duchesse, ou quelque chose comme ça. Eh bien, malgré ça, elle est pas fière du tout ! La preuve : régulièrement, elle fait des reportages photos pour *Les Combattants du feu*, le magazine mensuel des pompiers. Et elle est vachement douée, moi je trouve.

Philippe Dubosc se rapprocha de Boris Corentin, et son sourire devint encore plus allumé :

– Il paraît, d'après certains collègues, qu'elle n'aimerait pas les pompiers seulement professionnellement. Mais aussi pour leurs capacités à éteindre un autre genre de feu, si vous voyez ce que je veux dire !

Boris Corentin voyait très bien : une « allumée » (ce qui était le cas de le dire) qui flashait sur les uniformes des pompiers et qui ne rechignait pas, à l'occasion, à s'envoyer en l'air avec l'un ou l'autre. Et qui, n'ayant pas de soucis d'argent, apparemment, jouait au reporter comme Marie-Antoinette jouait à la bergère, afin de pouvoir approcher au plus près les objets de sa convoitise.

Pas de quoi fouetter un chat, en somme.

Le regard de Corentin fut attiré par une silhouette qui faisait un grand geste dans sa direction. Et il réalisa qu'il s'agissait d'Aimé Brichot, debout près de l'entrée du bâtiment administratif de la caserne, en compagnie d'un jeune pompier en tenue de sport, essayant d'attirer son attention.

Pour le rejoindre, Boris fit exprès de traverser la cour en diagonale, afin de passer à proximité de la fameuse

Alise de Madridejos, histoire de voir – simple curiosité masculine – à quoi elle ressemblait de près.

C'était encore mieux que de loin, incontestablement. Non seulement, la rousse était très belle, supérieurement « gaulée », mais elle avait en plus, dans les yeux, dans le sourire, dans ses attitudes, cette soumission naturelle au mâle qui est la marque distinctive des grandes amoureuses. Ou des « bitophages », comme disait Géraldine Hébert, la nouvelle jeune collègue lesbienne de Corentin et Brichot, pour désigner les hétérosexuelles pures et dures.

– Qu'est-ce qu'il y a ? demanda Boris à son coéquipier, lorsqu'il l'eut rejoint.

– Pas besoin de te demander si tu as remarqué la nouvelle arrivante, vu le crochet que tu as fait pour aller la mater de plus près ! fit d'abord remarquer Aimé Brichot, avec un petit air faussement dégoûté.

– C'est ma vieille mère qui t'a chargé de surveiller mes fréquentations féminines ? rétorqua Corentin, ce qui fit marrer le jeune pompier qui se trouvait à côté de Brichot.

– Bref, éluda ce dernier. Est-ce que tu sais qui est cette jeune femme, plutôt accorte, je te le concède ?

– Accorte… à sauter, même ! plaisanta Boris, ce qui fit de nouveau rire le jeune pompier. Oui, je le sais figure-toi : Madame Alise de Madridejos, épouse de je ne sais quel grand d'Espagne ou assimilé.

– Bravo, grommela Brichot, déçu de perdre l'avantage qu'il escomptait. Mais il y a une chose que tu ne sais sûrement pas, et que vient de m'apprendre Fabien, ici présent, dont je venais de faire la connaissance au gymnase.

Le jeune pompier se rengorgea, visiblement fier de l'importance qui lui était soudain donnée.

– Je vous écoute… l'encouragea Corentin.

– Alors voilà, attaqua Fabien, d'une voix étonnamment grave pour son jeune âge, on était justement en train de causer de cette pauvre Louise, quand Alise s'est pointée…

– Ah, parce que vous l'appelez par son prénom ? s'étonna Boris.

– Tout le monde fait ça, répondit Fabien d'un ton sans réplique : ça va plus vite à dire que son nom à la con… Bref, on causait de Louise, donc, et le fait de voir Alise arriver, ça m'a fait repenser qu'il y a une dizaine de jours, quand elle est venue pour les repérages du reportage qu'elle voulait faire sur la caserne, elle a parlé assez longtemps avec Louise, dans un coin du hangar aux véhicules. Ça m'a étonné, parce que, pour vous dire, Louise, c'était pas le genre « je bavarde avec n'importe qui », voyez…

– Et alors ? Vous savez ce qu'elles se sont dit ? demanda Corentin à brûle-pourpoint.

– Ben non, j'étais trop loin, répondit Fabien, avec un léger haussement d'épaules. Sauf que, pour sortir du hangar, à la fin, elles sont passées près de moi sans voir que j'étais là. Et j'ai entendu Alise dire à Louise : « *Et essayez d'être à l'heure, surtout !* » Après, elles se sont tirées… Vous croyez que c'est important ?

– Non, non, bien sûr que non ! s'empressa de répondre

Aimé Brichot, tout en pensant exactement le contraire. C'était juste histoire de bavarder un peu, quoi !

– D'ailleurs, il va être temps qu'on y aille, nous... appuya Corentin avec un sourire. Allez, peut-être à une prochaine fois et... bon courage à tous les pompiers !

Cinq minutes plus tard, les deux policiers franchissaient la grande porte de la caserne, tandis que, dans un coin de la cour, Alise de Madridejos continuait à être le centre d'intérêt de sa petite cour de jeunes mâles en uniformes.

– Je pensais que tu aurais envie d'aller bavarder un peu avec elle, fit observer Aimé Brichot, pendant qu'ils rejoignaient leur 307 de service, garée un peu plus loin.

– J'y ai pensé, oui... répondit Corentin, en s'installant à la place du conducteur. Seulement, je te rappelle qu'on a la consigne formelle de ne pas faire de vagues. Et cette Alise de Madridejos aurait peut-être été surprise, pour ne pas dire plus, de se faire aborder de front par deux flics de la Brigade mondaine, tu ne crois pas ?

– Oui, évidemment... murmura Aimé Brichot, en attachant sa ceinture de sécurité. Il n'empêche que c'est bizarre, cette petite phrase : « Et essayez d'être à l'heure, surtout ! ». Ça ressemble à une prise de rendez-vous, non ?

– Ça y ressemble en effet, fit Boris, en déboîtant de la file de voitures rangées le long du trottoir. Et j'aimerais bien savoir de quel genre de rendez-vous il s'agissait.

– Ça pourrait juste être un truc professionnel, pour son fameux reportage, tempéra Aimé Brichot, toujours plus prudent que sa flèche.

– Tu as raison, ça pourrait. Et c'est ce qu'il va falloir chercher à déterminer. Je propose qu'on s'intéresse d'un peu plus près à cette Alise de Madridejos, à partir de maintenant. Très discrètement, pour ne pas fâcher notre grand ami Arnaud Humières… et en tout bien tout honneur, évidemment !

CHAPITRE VI

– Allez, Johnny, reprends-toi une petite ligne : c'est de la bonne, elle ne peut pas te faire de mal…

Anthony Quittard loucha en direction de la tabatière de porcelaine, posée sur un petit guéridon d'ébène sculpté, entre les deux grandes fenêtres donnant sur le parc.

Depuis qu'il était là, confortablement installé dans ce grand salon, au luxe pratiquement inconcevable pour un fils de cheminot de Villeurbanne, il en était déjà à sa troisième ligne de cocaïne. Sans parler des deux whiskies *single malt* que lui avait servis son chef direct, Fabrice Moulin, et qu'il avait avalés quasiment comme de l'eau, tant étaient grandes son excitation et sa nervosité.

Mais, au fait, depuis combien de temps est-ce qu'il était là ? Il n'en savait plus grand-chose, à vrai dire. Tout avait été si soudain, si imprévu, si…

Le hasard avait voulu qu'il termine son service, à la caserne, en même temps que le sergent-chef Moulin. Et qu'ils se retrouvent ensemble sur le trottoir. À sa grande surprise, alors que, depuis trois semaines qu'il avait rejoint sa nouvelle affectation, Fabrice Moulin ne lui avait jamais adressé la parole en dehors des besoins du service, là, il l'avait invité à venir boire un verre au bistrot du coin. Ce qu'il avait accepté avec empressement, bien sûr.

Pour la suite, tout se brouillait un peu, dans le cerveau d'Anthony Quittard, jeune sapeur-pompier de 23 ans, à peine sorti de sa période de formation, au « Fort » de Villeneuve-Saint-Georges.

Ce qui ressortait du long *speech* que lui avait fait son supérieur hiérarchique, c'est qu'il lui proposait de se faire un bon paquet de fric, en prenant du bon temps avec des bourgeoises archi-bandantes qui avaient le feu quelque part, et qui comptaient sur les jeunes pompiers beaux et musclés, comme lui, pour l'éteindre.

Anthony Quittard se souvenait avoir dit « oui » sans trop réfléchir, et de s'être laissé embarquer dans la voiture du sergent-chef Moulin, jusqu'au somptueux hôtel particulier du XVIIe siècle où il se trouvait maintenant.

Tout de même, il se souvenait du choc très agréable qu'il avait éprouvé en retrouvant la silhouette voluptueuse de la maîtresse de maison, son opulente chevelure rousse, ses seins comme des obus, sa croupe cambrée et ses longues jambes à la peau laiteuse. Autant de trésors que dissimulait à peine un déshabillé transparent, plein de frous-frous et de rubans, tel qu'Anthony n'en avait encore jamais vu ailleurs que dans les catalogues de lingerie fine, ou dans les vitrines des boutiques de luxe.

La différence, c'est que, là, dans le déshabillé en question, il y avait un corps de femme dedans. Un corps somptueux qui, immédiatement, l'avait fait transpirer et avait provoqué, au bas de son ventre, une raideur qui finissait maintenant par devenir douloureuse, à force d'être inemployée.

Après, ça devenait nettement plus flou, pour lui. Ils avaient bu, tous les trois, pour commencer. Puis, à un moment, alors que la nuit était déjà complètement tombée sur le parc, Alise de Madridejos était allée chercher la petite tabatière de porcelaine et avait tranquillement préparé trois épaisses lignes de coke, sur un petit miroir rectangulaire.

Anthony Quittard avait jeté un regard vaguement effrayé en direction de son chef, pour voir sa réaction : la drogue, c'était quasiment ce qu'il y avait de plus mal vu, chez les pompiers. Pas questions de toucher à cette saloperie !

Mais Fabrice Moulin lui avait adressé un petit clin d'œil, assorti d'un sourire complice, avant de sniffer sans façon la ligne que la rousse avait préparé pour lui.

Du coup, Anthony avait fait pareil. Puis, il l'avait refait, lorsqu'Alise de Madridejos avait préparé le « second service », comme elle disait.

– Allez, Johnny, murmura la jeune femme, en se coulant contre le corps musclé du jeune pompier, laisse-toi tenter ! Trois lignes, c'est la bonne dose pour planer vraiment…

Privé de toute volonté, Anthony glissa la petite paille d'argent ciselée dans sa narine gauche, et inspira d'un coup toute la cocaïne qui restait sur le petit miroir.

– À la bonne heure, Johnny ! ronronna Alise, en plaquant sa cuisse presque nue contre celle du jeune pompier. On va pouvoir passer aux choses vraiment agréables ! Dis-moi, Fabrice, mon chéri : et si tu nous mettais un petit film, histoire de créer une ambiance propice ?

Tandis que Moulin se dirigeait vers le lecteur de DVD situé sous la grande télé à écran plasma, Anthony se tourna à demi vers Alise, dont la main venait de se poser négligemment au haut de sa cuisse :

– Excusez-moi Madame : je peux savoir pourquoi vous m'appelez Johnny ?

Alise eut un petit rire de gorge, tandis que le bout de ses doigts manucurés effleurait comme par mégarde la grosse bosse qui déformait le pantalon d'uniforme du pompier, faisant sursauter celui-ci :

– C'est à cause de ton nom : Quittard, mon bel étalon... roucoula-t-elle, en lui empoignant carrément le sexe à travers l'étoffe un peu rêche.

– Je... je ne comprends pas... balbutia-t-il, en se retenant désespérément pour ne pas se jeter sur cette superbe salope qui le masturbait carrément à travers son pantalon.

– Johnny Quittard... comme *Johnny Guitar*, le film de Nicholas Ray... expliqua Alise, le feu aux joues, sur un ton légèrement impatienté. Bon, laisse tomber, on s'en fiche ! Allez, Fabrice, mets-nous le film en route : je n'en peux plus d'attendre, moi !

Moulin appuya sur la touche idoine de la télécommande et l'image apparut sur le grand écran plat fixé au mur. C'était un film, visiblement amateur, montrant une dizaine de jeunes pompiers à l'exercice. Certains, enfouis dans leur combinaison anti-feu, s'affairaient autour des véhicules d'interventions, d'autres, en tenue plus légère, voire torse nu, maniaient les différentes lances, s'exerçaient à gravir la grande échelle, ou encore se livraient à de simples exercices d'échauffement et d'assouplissement.

Les visages étaient tendus par l'effort, les muscles saillaient et roulaient sous les peaux hâlées, les torses ruisselaient de transpiration.

– Mon Dieu qu'ils sont beaux ! s'extasia Alise, ses yeux dilatés fixés sur l'écran, cependant que ses doigts continuaient de caresser le membre gonflé de son jeune voisin de gauche, qui se sentait au bord de l'explosion mais n'osait pourtant prendre aucune initiative, tellement cette superbe bourgeoise l'impressionnait.

D'autant plus qu'il se sentait horriblement mal à l'aise vis-à-vis de Fabrice Moulin, qui risquait à tout moment de s'apercevoir du manège de la jeune femme. Une femme dont Anthony avait tout de suite pigé qu'elle était sa maîtresse. Ça risquait de faire du vilain…

Finalement, ce fut Alise qui brusqua les choses, et fit s'envoler les dernières réticences d'Anthony. Se penchant vers lui, et s'aidant de son autre main, elle dégrafa complètement le pantalon d'uniforme et glissa sa main à l'intérieur du slip, pour ramener à l'air libre un sexe de belle taille, d'une raideur parfaite, à la tête gonflée de désir.

La sueur ruisselant à ses tempes, Anthony se sentait écartelé entre deux sentiments violemment contradictoires : l'envie qu'il avait que cette superbe femelle s'occupe vraiment de lui, et la trouille que son supérieur hiérarchique ne pique une de ses colères dont il avait le secret.

Il fut vite rassuré sur le deuxième point.

Avec un grand sourire, Fabrice Moulin venait de s'installer dans le canapé, de l'autre côté d'Alise de Madridejos, et avait tranquillement sorti sa virilité, nettement plus grosse que celle d'Anthony, qui n'en conçut pourtant aucune frustration.

Fabrice Moulin était plus ancien et plus gradé que lui, donc il était mieux monté: ça lui paraissait aller de soi...

La seconde d'après, il cessa de réfléchir. Les lèvres chaudes et humides d'Alise de Madridejos venaient de coulisser autour de sa verge dressée, et l'engloutissaient lentement, centimètre par centimètre, tout en l'agaçant de la langue, dont elle se servait avec une habileté diabolique.

Le corps fin et musclé d'Anthony s'arqua de lui-même, il renversa la tête en arrière et ferma les yeux, pour mieux savourer la caresse de cette bouche qui l'engloutissait avec une sorte de fièvre gourmande.

Très vite, pourtant, les lèvres douces de la jeune femme furent remplacées par ses doigts, enveloppants et caressants. Un peu surpris de ce changement de traitement, Anthony releva la tête et ouvrit les yeux. Pour voir que la bouche d'Alise s'occupait maintenant du sexe dressé de Fabrice Moulin. Lequel lui adressa un petit clin d'œil de mâle complice...

Définitivement submergé par la vague d'érotisme

torride qui déferlait dans le grand salon, et plus précisément sur le canapé où ils étaient vautré tous les trois, Anthony décida de se laisser porter par le flot d'excitation qui le submergeait.

Perdant toute timidité, il posa sa main sur la croupe rebondie de la jeune femme qui engloutissait la virilité de son chef, avec des ronronnements d'arrière-gorge. Aussitôt, elle souleva légèrement le bassin, pour permettre à ses doigts de s'insinuer sous le tissu de son déshabillé et de prendre possession de son intimité trempée de désir.

Sur l'écran plat, les pompiers continuaient leurs exercices, mais plus personne ne s'intéressait à leurs efforts, pourtant bien méritoires...

Anthony en était à se dire qu'il n'allait pas pouvoir résister longtemps aux doigts experts d'Alise, lorsque celle-ci abandonna sa double caresse, buccale et manuelle, et se redressa brusquement, le feu aux joues et son regard bleu crépitant d'éclairs lubriques.

– Je veux que ce soit Johnny qui me baise, déclara-t-elle, le souffle court. Maintenant !

Le jeune pompier jeta un coup d'œil rapide en direction de son supérieur hiérarchique, pour voir comment celui-ci prenait sa « disgrâce ». Le petit sourire de Fabrice Moulin, entretenant négligemment sa formidable érection, lui fit soudain comprendre que tout ça avait été réglé d'avance entre les deux amants, et qu'il ne pouvait être question de jalousie entre eux, ni de n'importe quel autre sentiment, d'ailleurs.

Avec une sorte de brusquerie due à l'excitation qui la

possédait, Alise poussa Anthony sur le canapé, avant de se laisser tomber à genoux entre ses cuisses musculeuses. Le jeune pompier profita de ce que les doigts fébriles de sa partenaire bataillaient avec la ceinture de son pantalon d'uniforme pour plonger avidement ses deux mains dans le décolleté de son déshabillé. Aussitôt, une bouffée de parfum sucré lui sauta aux narines, achevant d'allumer le feu qui consumait son sexe roide. Avec une sorte de gémissement sourd, il se mit à pétrir fiévreusement les masses fermes, veloutées et élastiques des seins laiteux, faisant rouler leurs pointes saillantes et durcies entre ses doigts.

Lorsque son pantalon d'uniforme glissa à ses pieds, et que les mains d'Alise se refermèrent autour de sa virilité palpitante, Anthony lui arracha littéralement son vêtement et l'attira sans ménagement sur le canapé.

La maîtresse de maison resta dans la position où elle était tombée : ventre en avant, cuisses ouvertes, sexe gonflé, poitrine palpitante.

Ses yeux, d'habitude d'un bleu très clair, avaient brusquement foncé, signe qu'elle était parvenue au plus haut degré de l'excitation sexuelle.

– Lèche-moi, Johnny ! haleta-t-elle, le visage en feu. J'ai envie de sentir ta langue dans ma chatte, avant que ta belle grosse lance d'incendie ne la remplace pour éteindre le feu qui dévore mon cul !

C'était demandé si gentiment...

Les sangs fouettés par le vocabulaire obscène qui s'échappait d'une aussi jolie bouche, Anthony se laissa glisser à genoux au bas du canapé, et plongea son visage entre les cuisses pantelantes et douces de sa partenaire, s'enivrant du parfum qui s'exhalait de son intimité touffue et flamboyante, palpitant sourdement au rythme de son désir.

Au moment où ses lèvres effleuraient les pétales moirés, couverts de rosée amoureuse et s'ouvrant en une superbe corolle, le jeune pompier sentit une main se poser sur ses fesses nues et les palper avec une sorte d'autorité possessive, presque brutale.

Surpris, Anthony tourna la tête par-dessus son épaule droite... et découvrit Fabrice Moulin, entièrement nu, accroupi dans son dos.

Le premier réflexe d'Anthony fut de le repousser, en lui expliquant gentiment qu'il ne mangeait pas « de ce pain-là ». Mais, au moment où les mots allaient franchir le seuil de ses lèvres, ses yeux se posèrent sur la formidable érection qui jaillissait du ventre poilu et musclé de son supérieur hiérarchique. La même érection qu'il arborait, quelques instants plus tôt, lorsque la bouche gourmande d'Alise de Madridejos s'occupait de lui.

Alors, sans bien comprendre ce qui se passait en lui, Anthony Quittard – dit Johnny – sentit comme une sorte de barrage céder, au plus profond de lui-même. Un barrage dont, jusqu'à ce jour, cette minute, il n'avait même jamais eu conscience, mais dont la rupture lui paraissait à présent être le point de départ d'une liberté nouvelle et extraordinaire.

Sans dire un mot, Anthony plongea de nouveau ses lèvres asséchées au cœur du ventre brûlant et offert d'Alise. Tout en ayant soin de cambrer ses reins au maximum.

Comme pour une offrande tacite et muette…

Il ne put s'empêcher d'avoir un long frisson, lorsque les grosses mains poilues de son supérieur le saisirent par les hanches, et qu'il sentit quelque chose de dur et de chaud s'insinuer lentement entre ses fesses menues mais très musclées. Contrairement à ce qu'il craignait, il ne ressentit pas la moindre douleur, lorsque le membre épais et noueux pénétra ses reins, mais au contraire une incroyable sensation de plénitude. Un accomplissement.

C'est alors que, quelque part au-dessus de leurs têtes, retentirent les accords solennels et douloureux d'une musique jouée par un quatuor à cordes. Quelque chose de presque brutal, mais où les heurts se résolvaient en de curieuses douceurs. Puis, tout de suite après, c'était le retour d'une sorte de fureur rythmique qui s'achevait en un sanglot retenu et à peine perceptible, avant d'être repris par une fièvre presque menaçante.

– Bon sang ! mais qu'est-ce que c'est que ce truc ? s'exclama sourdement Anthony, en se redressant brusquement, avec l'air égaré d'un homme ivre à qui on vient de balancer un seau d'eau froide en pleine figure.

Durant quelques secondes, il vit deux sentiments se disputer le visage d'Alise de Madridejos : le désir que ses coups de langue avaient fait naître dans son ventre et la colère provoquée par cette musique « tombée du ciel ».

– *La Jeune Fille et la mort*, murmura dans son dos Fabrice Moulin, son formidable membre toujours dressé et palpitant. Le quatuor de Schubert…

Anthony regarda tout à tour l'homme et la femme, avec qui, un instant plus tôt, il se livrait à tous les débordements du sexe, sans paraître comprendre ce qui pouvait bien se passer dans cette maison.

– C'est rien, fais comme si tu n'entendais pas, gronda Alise, en haussant ses épaules nues, ce qui fit frissonner sa lourde poitrine aux mamelons saillants et durs. C'est juste mon mari, à l'étage au-dessus, qui se croit malin en essayant de gâcher notre plaisir avec sa musique sinistre. Allez, mon beau pompier, viens me mettre ta queue dans la chatte : je brûle, moi !

Mais la douche glacée avait produit son effet sur Anthony. À la fois sur sa virilité, qui baissait piteusement le nez, et sur son esprit, totalement déconnecté de toute velléité érotique. Il entreprit de remonter son pantalon.

– Et alors ? Qu'est-ce que tu fous ? l'interrogea Fabrice Moulin qui, lui, était toujours raide comme la justice et visiblement prêt à s'intéresser de nouveau aux jolies petites fesses de son subordonné. Allez, soldat, en place : on reprend là où on en était !

– Pas question ! répliqua fermement Anthony, en s'adressant à Alise. Je ne marche plus, moi, si votre mari est là ! Je ne veux pas d'embrouille…

– Eh bien ! barre-toi, si tu as la trouille, espèce de couille molle ! siffla Alise de Madridejos, que la frustration sexuelle qui lui tordait le ventre replongeait dans la vulgarité originelle de Muriel Coulon. Allez, fous le camp ! Ah ! ils sont brillants les pompiers d'aujourd'hui, tiens ! Disparais, tu m'entends ? Va tremper ta minable petite bite de pédé ailleurs ! Et que je ne te revoie plus jamais, sinon je te l'arrache avec les dents, connard !

Juste avant de quitter précipitamment le salon sous ce déluge d'insultes ordurières, Anthony Quittard eut le temps de voir Alise, échevelée et rouge comme une Furie antique, empoigner le membre colossal et toujours tendu de Fabrice Moulin, pour l'attirer vers son ventre écartelé, en un geste impatient et d'une irrésistible autorité.

À grandes enjambées, Anthony traversa le hall rectangulaire, éclairé par un majestueux lustre en cristal de Venise. Poursuivi par les accords pressants et douloureux de *La Jeune Fille et la mort*, qui semblaient tomber en pluie sur sa tête depuis le grand escalier de marbre.

Une fois dans la cour, où stationnaient une grosse Mercedes grise et une jaguar flambant neuve, le jeune pompier eut la désagréable surprise de constater que la pluie s'était mise à tomber. Une petite pluie fine, régulière, drue, silencieuse, obstinée. Le genre à vous pénétrer en quelques minutes jusqu'à la moelle des os.

Au bout de quelques pas sur les pavés inégaux et rendus glissants par l'eau tombant du ciel noir, Anthony se retourna machinalement vers la façade sombre et austère de l'hôtel particulier. À l'étage, il n'y avait qu'une seule fenêtre éclairée, ce qui attira son regard.

Bien qu'il se considérât plutôt comme un garçon courageux, pas facilement impressionnable, le jeune pompier sentit son sang se retirer de son visage et ses jambes se mettre à trembler malgré lui.

À la fenêtre, se découpant avec une précision presque magique dans le rectangle lumineux, il y avait un homme. Un homme assis dans un fauteuil d'infirme, aussi rigoureusement immobile qu'un mort ou qu'une statue de pierre.

Un homme dont toute la tête était recouverte d'une sorte de cagoule de drap noir, ce qui le faisait vaguement ressembler à un membre du Ku-Klux-Klan.

Et, à travers la double ouverture oculaire de cet étrange masque, les rayons perçant et fixes de deux yeux incroyablement luisants et intenses.

Deux yeux qui semblaient vouloir foudroyer sur place Anthony Quittard et le réduire en cendres sur le pavé inégal, luisant et noir.

Le pompier ouvrit la lourde porte cochère avec une sorte de violence incontrôlée, la reclaqua brutalement derrière lui et fila droit devant, pratiquement en courant.

Alors qu'il débouchait de la rue Surcouf dans la rue Saint-Dominique, et que la pluie fine commençait à s'infiltrer par le col de sa veste d'uniforme, Anthony prit conscience d'un certain nombre de choses agaçantes.

La première c'est qu'il était tellement tard, qu'il ne pouvait plus être question de prendre le métro ou le bus pour rentrer chez lui, à Fontenay-sous-Bois. La deuxième, c'est qu'il avait tout juste onze euros sur lui, ce qui lui interdisait également la solution du taxi.

Il en était là de ses réflexions pas drôles, lorsqu'il perçut, dans son dos, le ronronnement décroissant d'une voiture en train de ralentir. Il vit s'arrêter à sa hauteur la Mercedes qu'il avait repérée dans la cour de l'hôtel particulier.

Anthony crut d'abord que, pris de remords, soit Alise de Madridejos, soit Fabrice Moulin avait finalement décidé de le raccompagner chez lui. Ce qui lui fit vraiment plaisir.

Mais la main qui ouvrit la portière côté passager, et lui fit signe de monter, était beaucoup trop grosse pour être celle de la rousse, et pas assez poilue pour appartenir à son supérieur hiérarchique.

– Allez, montez… fit une voix étrange, à la fois grave et douce, qu'Anthony ne parvint pas à identifier, peut-être à cause du ronronnement du moteur, ou bien du crépitement régulier de la pluie.

Sans se faire prier ni réfléchir davantage, il s'engouffra à l'intérieur et se laissa aller avec soulagement sur le siège de cuir fauve, laissant aller voluptueusement sa nuque contre l'appuie-tête, tandis que la Mercedes redémarrait en souplesse.

– Je dois vous prévenir que j'habite à Fontenay-sous-Bois et que c'est pas la porte à côté, crut-il honnête de préciser.

Comme il avait la tête renversée en arrière et les yeux mi-clos, il ne vit pas le sourire froid du conducteur de la Mercedes, dont l'unique essuie-glace produisait un chuintement régulier et moelleux, aussi calmant qu'une berceuse.

– Ne vous inquiétez pas pour ça, dit le pilote, de cette voix étrange qui avait déjà frappé Anthony un instant plus tôt. J'ai tout mon temps. Vraiment tout mon temps…

Chapitre VII

La Peugeot 307 gris métallisé freina brutalement, grimpa à moitié sur le trottoir et s'arrêta devant une porte cochère, ouverte à un battant.

– Euh… tu as vu que tu es sur un bateau, là ? risqua timidement Aimé Brichot, assis à la place « du mort » dans la voiture de service.

– M'en fous ! lâcha Boris Corentin d'un ton rogue, tout en coupant le contact.

Il était presque dix heures du matin, et, depuis environ trois heures, Boris était d'une humeur plus que morose : carrément massacrante. Précisément depuis que le téléphone avait sonné chez lui, dans son studio de la rue de Turbigo, pour lui annoncer qu'on venait de retrouver un jeune pompier parisien, un certain Anthony Quittard, dans l'entrée d'un immeuble promis à une prochaine démolition, dans une petite rue derrière la place de la République.

C'est un squatter qui l'avait découvert. La gorge proprement tranchée d'une oreille à l'autre.

Il était alors sept heures moins le quart.

Comme son studio était à deux pas, Boris Corentin s'était aussitôt rendu sur place, pour retrouver ses collègues du Ciat du 10e arrondissement, déjà à pied d'œuvre. En découvrant le mort, toujours étendu sur le carrelage crasseux du corridor, sous les boîtes aux lettres éventrées, il avait eu la sensation que tout son sang se retirait d'un coup de son corps.

Parce que le jeune homme qui était allongé à ses pieds, avec cette horrible blessure au cou, il le reconnaissait parfaitement, malgré son teint terreux et ses yeux révulsés.

C'était l'un des jeunes pompiers que, la veille, il avait vu se presser autour d'Alise de Madridejos, lorsqu'elle avait fait son entrée dans la caserne où il se trouvait avec Aimé Brichot, pour son soi-disant reportage photos.

Depuis, il n'arrêtait pas de se répéter que si Brichot et lui s'étaient intéressés de plus près à Madame de Madridejos, s'ils avaient fait preuve d'un peu moins de prudence dans leur enquête, le malheureux Anthony Quittard serait peut-être encore vivant.

Car, plus il y pensait, et plus il était persuadé que, d'une façon ou d'une autre, la rousse était liée non seulement à la mort d'Anthony Quittard, mais aussi à celle de Louise Humières. Évidemment, ce n'était qu'un sentiment, une sorte d'« instinct divinatoire ». Ce qui ne remplacerait jamais la plus chétive des preuves à charge.

Et, des preuves, il n'en avait aucune.

Mais, à cause de cette intime conviction qui montait en puissance dans son esprit, il avait décidé d'envoyer au diable Charlie Badolini et sa prudence, Arnaud Humières et ses diktats, pour donner un grand coup de pied dans la fourmilière.

Une fourmilière où toutes les fourmis semblaient avoir un petit casque de pompier sur la tête…

En ressortant de l'immeuble condamné, il avait commencé par téléphoner à Aimé Brichot, qui venait tout juste de sortir du lit, afin de le mettre au courant. Puis, il avait foncé au quai des Orfèvres où, en moins de dix minutes, il avait obtenu l'adresse et le numéro de téléphone des époux Madridejos, domiciliés rue Surcouf, dans le 7e.

Aussitôt, il avait compris que, pour embêter sérieusement Alise de Madridejos, il lui faudrait un dossier vraiment bétonné. Car son mari étant de nationalité espagnole – d'une famille puissante et illustre de surcroît –, et elle ayant la double nationalité, il leur serait probablement très facile, en cas de tracas policiers de sa part, de faire jouer leurs relations diplomatiques pour lui faire mordre la poussière.

Pourtant, Boris Corentin avait décidé de foncer quand même. Après avoir composé le numéro de l'hôtel particulier, il était tombé directement sur Alise de Madridejos. À qui il s'était présenté comme policier chargé d'enquêter sur la mort de Louise Humières. Enquête pour laquelle il sollicitait un rendez-vous aussi rapidement que possible.

À sa grande surprise, Alise de Madridejos n'était pas du tout montée sur ses grands chevaux, n'avait pas non plus feint l'étonnement d'être mêlée à tout ça. Au contraire, elle s'était montrée tout à fait coopérative, en lui donnant rendez-vous pour onze heures. « Le temps de me préparer à vous recevoir décemment », avait-elle cru bon de préciser, de sa voix chaude et un peu rauque.

– N'empêche que, ne serait-ce que pour l'exemple que nous sommes censés donner, je trouve que tu aurais pu te garer un peu mieux que ça, insista Aimé Brichot, têtu, cependant qu'ils remontaient la petite rue Surcouf, qui joignait le quai Branly à la rue Saint-Dominique.

– Lâche-moi avec ces conneries… grommela Corentin, chez qui la grossièreté était assez exceptionnelle.

– Boris, tu n'as rien à te reprocher et tu le sais très bien ! fit Aimé Brichot, d'une voix radoucie. Admettons que, dès hier, on ait décidé de filer le train à Alise de Madridejos, lorsqu'on l'a vue à la caserne, ça aurait changé quoi ?

– On aurait peut-être pu assister à une rencontre entre elle et Anthony Quittard à l'extérieur de la caserne, répondit Corentin, buté et maussade.

– Possible, et alors ? Elle est plus ou moins reporter dans un magazine professionnel destiné aux pompiers : c'est normal qu'elle en rencontre quelques-uns, non ? Et après ? En admettant même que ces deux-là aient décidé de passer la soirée ensemble à s'envoyer en l'air : on serait resté en faction toute la nuit devant la porte ? De quel droit ? Avec quel mandat officiel ?

– Tu as probablement raison, Mémé, soupira Corentin, alors qu'ils arrivaient devant la porte cochère de l'hôtel particulier des Madridejos. Mais peut-être aussi que…

Il s'interrompit avec un haussement d'épaules et tira,

un peu trop brusquement, sur la poignée de cuivre dépassant du mur, juste sous l'interphone gris métallisé. Le tintement acidulé d'une cloche se fit entendre de l'autre côté. Au bout de deux ou trois secondes, le battant droit de la porte cochère s'ouvrit lentement, régulièrement, avec une sorte de bourdonnement sourd.

Les deux policiers pénétrèrent dans la cour pavée et, tout de suite, Corentin désigna à Brichot la superbe Jaguar flambant neuve, rangée sur le côté droit :

– Tu te souviens de ce que nous a dit Sébastien Quardemonde, à propos du type qu'il a vu sortir de son immeuble, le soir de la mort de Louise Humières ? Qu'il était parti au volant d'une belle bagnole « genre Jaguar »…

– Oui, bon, c'est quand même pas une voiture rarissime ! tempéra Brichot. D'ailleurs, il…

Il se tut en apercevant la maîtresse de maison qui les attendait, en haut des cinq marches de pierre du perron. Elle était vêtue d'un pantalon noir très moulant et d'un chemisier vert acide, largement ouvert sur ses seins opulents. Immobile, elle les regardait approcher, un très léger sourire sur ses lèvres pulpeuses et brillantes. Une nouvelle fois, comme à la caserne, la veille, Boris fut frappé par l'extraordinaire intensité fiévreuse de son regard d'un bleu très clair.

Au moment où Corentin et Brichot posaient le pied sur la première marche de pierre, usée en son milieu, la pluie se remit à tomber.

– Dépêchez-vous d'entrer, Messieurs, dit Alise, avec un sourire charmeur à l'adresse de Corentin. Je ne tiens pas à me faire tremper…

Ils pénétrèrent dans un grand hall, éclairé par un majestueux lustre en cristal de Venise, dont l'absence totale de mobilier, à l'exception d'un gros bahut de bois, augmentait encore les proportions, mais aussi la froideur. Il y régnait un silence profond, quasi sépulcral.

– Si vous voulez me suivre dans mes modestes appartements privés, je finissais de prendre mon petit-déjeuner… murmura Alise de Madridejos, en précédant les deux policiers avec un balancement des hanches que Boris trouva un peu *too much*, comme auraient dit les jumelles Brichot.

À mi-chemin du couloir partant sur la gauche du hall, ils entrèrent dans une pièce donnant, par deux très hautes fenêtres, sur un parc clos de murs, au centre duquel trônait un énorme tilleul aux feuilles encore bien vertes.

En face d'un immense canapé, flanqué de deux fauteuils et d'une large table basse, une télévision à grand écran plasma était allumée. Le spectacle attira tout de suite l'attention des deux policiers, qui échangèrent un rapide regard.

Ce qu'on voyait sur l'écran, c'était une équipe de pompiers en pleine intervention, luttant contre un feu de forêt, visiblement dans le sud de la France.

Mais ce qui était encore plus étrange, c'est qu'il y avait un homme, installé dans l'un des fauteuils, occupé à regarder l'écran. Et que cet homme, brun, jeune, athlétique, portait lui aussi l'uniforme réglementaire des pompiers de Paris.

Lorsqu'il vit entrer les deux policiers, il se leva avec une certaine précipitation, manquant se cogner au coin de la table basse qui, en effet, supportait un plateau de petit-déjeuner.

– Messieurs, permettez-moi de vous présenter mon excellent ami, le sergent-chef Fabrice Moulin, annonça Alise d'une voix parfaitement naturelle, presque mondaine. Fabrice, ces messieurs sont de la police et enquêtent sur la mort de cette malheureuse fille… Tu sais : cette petite Louise Humières sur laquelle je pensais peut-être faire un reportage pour *Combattants du feu*…

– Oui, c'est possible… grommela Fabrice Moulin, sans enthousiasme excessif, en s'éloignant ostensiblement des trois autres, pour aller s'absorber dans la contemplation du parc noyé de pluie.

– Asseyez-vous, Messieurs, fit Alise, en désignant les deux fauteuils, après avoir coupé la télé. Je peux vous faire servir quelque chose ? Thé ? Café ?

Les deux policiers déclinèrent silencieusement, du même mouvement de tête bref.

– Madame de Madridejos… commença Corentin, aussitôt interrompu par le petit rire de gorge de la jeune femme.

– Je vous en prie : appelez-moi Alise ! minauda-t-elle. J'ai horreur des cérémonies !

Elle s'était installée dans le canapé qui faisait face aux deux hommes, à demi allongée, une jambe pendant à l'extérieur et un bras négligemment étendu sur le dossier. Dans une pose très « Grand Siècle ».

– Madame de Madridejos, reprit Corentin sans se

laisser fléchir, nous sommes effectivement venus vous trouver pour parler de Louise Humières. Vous n'avez pas eu l'air très surprise, tout à l'heure, au téléphone lorsque je vous ai annoncé sa mort…

– C'est parce que vous ne me l'avez pas *annoncée*, Monsieur Corentin, répondit-elle avec un léger sourire ironique : vous me l'avez simplement *confirmée*, nuance !

– Comment se fait-il que vous fussiez déjà au courant ? demanda Aimé Brichot, pas mécontent du tout de son imparfait du subjonctif.

Elle haussa les épaules, ce qui fit frissonner sa lourde poitrine, visiblement libre sous le chemisier :

– Dois-je vous rappeler que je travaille pour un magazine qui ne s'occupe que des pompiers ? C'est donc normal que ce genre de choses se sache rapidement, dans le petit milieu où je gravite ! À force de tourner dans les différentes casernes, je finis par y connaître du monde, vous savez…

– Justement, est-ce que vous connaissiez Louise Humières ? enchaîna Corentin.

– Pas plus que ça. Pas plus que des tas d'autres. Je l'avais croisée deux ou trois fois, voilà tout…

– Voilà tout ? souligna Boris, avec une imperceptible ironie. Pourtant, il y a une dizaine de jours, à la caserne dont elle dépendait, vous avez eu une assez longue conversation avec elle, n'est-ce pas ?

– Vous êtes bien renseigné, mes compliments…

– Conversation à l'issue de laquelle, vous lui avez donné un rendez-vous, poursuivit Corentin, d'un ton plus froid. Vous lui avez même recommandé d'être à l'heure, avant de la quitter. Je me trompe ?

Les deux policiers eurent l'impression qu'Alise de Madridejos pâlissait légèrement et qu'elle lançait un rapide coup d'œil en direction de Fabrice Moulin. Comme pour quémander son aide. Mais le sergent-chef, impassible, continuait de regarder dehors, comme indifférent à ce qui se passait à l'intérieur du grand salon.

La jeune femme se reprit très vite et déclara, en plongeant ses grands yeux bleus dans ceux de Corentin :

– C'est exact, je… je lui ai donné un rendez-vous.

– Pourquoi avez-vous hésité avant de me répondre, la pressa Boris, en soutenant son regard.

– Parce que j'ai eu peur que vous interprétiez la réalité de travers, Monsieur Corentin, souffla-t-elle, d'une voix presque humble.

– Pour pouvoir l'interpréter, il faudrait déjà que je la connaisse, cette réalité ! Parlez-moi donc de ce rendez-vous avec Louise Humières…

Le silence retomba dans le grand salon, uniquement troublé par le crépitement de la pluie sur les petits carreaux des hautes fenêtres.

Alise de Madridejos semblait se recueillir, comme on le fait avant de prendre une décision importante.

Ou de se jeter dans une eau qui risque d'être un peu trop froide…

Finalement, elle redressa la tête, rectifia sa position, cambra le buste et regarda les deux hommes alternativement, d'un air de défi hautain.

– Après tout, je ne vois pas pourquoi j'hésite, puisque

je n'ai rien à me reprocher, laissa-t-elle tomber d'une voix pleine de morgue, presque méprisante, qui contrastait avec l'attitude humble qu'elle avait adoptée au début de l'entretien. J'avais effectivement donné un rendez-vous à Louise Humières, ce jour-là. Je voulais qu'elle participe à une petite soirée que je comptais donner ici, chez moi, il y a quatre jours.

– Il y a quatre jours… compta Aimé Brichot à mi-voix, c'est-à-dire le soir où elle est morte, c'est bien ça ?

– C'est bien ça, affirma Alise, avec une pointe de défi dans la voix.

– On peut vous demander de quel genre de soirée il s'agissait ? demanda Corentin, d'un ton froid. *A priori*, on voit mal ce qu'une petite pompière bénévole pouvait apporter à la réception d'une authentique marquise espagnole… Il est vrai que vous semblez beaucoup aimer les pompiers, Madame de Madridejos !

Alise se redressa d'un bond, comme si une vipère venait de la mordre. Sa bouche se tordit en un rictus méprisant.

– Je ne vous permets pas de me juger, Monsieur Corentin ! Oui, j'aime les pompiers, et alors ? C'est un crime ?

– Nullement, Madame, répondit Boris, sans se laisser impressionner. Tout dépend, bien sûr, de la manière dont on les aime… et de ce qu'il en résulte pour eux.

Alise le toisa de toute sa hauteur, les yeux légèrement plissés, et un petit sourire dédaigneux étira ses lèvres pulpeuses et naturellement rouges.

– Encore une fois, je ne vois vraiment pas pourquoi

je chercherais à vous cacher quelque chose dont je n'ai absolument pas à avoir honte, dit-elle d'une voix un brin provocatrice. Et que, de toute façon, vous pourrez facilement apprendre ailleurs que chez moi ! Oui, j'aime les pompiers, Messieurs les policiers ! Et vous savez pourquoi ? Eh bien ! non : pas à cause de leur dévouement, de leur héroïsme ou je ne sais quoi de ce genre, qui fait s'esbaubir le bon peuple ! Je les aime parce qu'ils m'excitent. Je veux dire : qu'ils m'excitent *sexuellement* ! J'aime m'envoyer en l'air avec eux... et certaines de mes amies partagent mes goûts en la matière. D'où l'idée des petites soirées que j'organise de temps en temps, pour réunir les uns et les autres, et leur permettre de baiser ensemble jusqu'à plus soif. En français de tous les jours, on appelle ça une partouze, Messieurs !

Boris Corentin dévisagea Alise en silence durant quelques secondes. Elle en rajoutait exprès. Elle cherchait à les provoquer sciemment. Un petit jeu dans lequel il n'avait pas l'intention de se laisser entraîner.

– Madame de Madridejos, articula-t-il sur un ton glacial, votre vie privée ne nous concerne qu'assez peu et nous intéresse encore moins. Seulement, je vous rappelle qu'une jeune femme, une femme pompier, a été retrouvée morte juste après avoir participé, si j'ai bien compris, à l'une de ces petites réunions que vous venez de nous décrire si complaisamment...

– Vous m'avez demandé en quoi consistaient ces soirées, je vous le dis ! se rebiffa Alise avec une certaine hauteur. Pour le reste, non, justement, vous n'avez pas très bien compris: j'ai effectivement invité Louise Humières à se joindre à nous, l'autre soir. Mais, comme la soirée a été annulée au dernier moment, je l'ai décommandée, tout simplement. Ce qui fait qu'elle n'est jamais venue ici... comme pourront vous le confirmer les domestiques, ou même mon mari, si vous avez envie de l'interroger à ce sujet!

– Nous n'y manquerons pas, répondit Corentin. Mais j'aimerais savoir pourquoi cette soirée a été annulée, comme vous dites...

Alise haussa les épaules:

– Parce que plusieurs de mes amies qui devaient y participer ont déclaré forfait, la veille, pour des raisons diverses, et que, du coup, je n'avais plus assez de monde pour... enfin, vous comprenez...

– À propos de vos amies, fit Corentin sans se démonter, ce serait bien que vous nous fournissiez les noms et adresses de celles qui participent d'ordinaire à vos petites soirées, et qui auraient dû se trouver ici il y a quatre jours...

Le coup porta et les deux policiers virent Alise de Madridejos pâlir légèrement et échanger un coup d'œil furtif avec Fabrice Moulin, toujours planté près de l'une des deux fenêtres ouvrant sur le parc noyé de pluie.

– Vous êtes sûrs que c'est absolument indispensable? demanda-t-elle finalement, d'une voix qui avait perdu beaucoup de sa morgue. C'est qu'il s'agit de femmes mariées, pour la plupart, et mariées à des hommes importants qui...

– Qui ne sont pas forcément au courant de ce à quoi

leurs épouses occupent leur temps lorsqu'elles viennent passer la soirée chez vous, compléta Aimé Brichot, en caressant machinalement la pointe de sa moustache.

– C'est à peu près ça, concéda Alise, visiblement soulagée d'avoir été comprise à demi-mot.

– Il n'empêche que nous aurons tout de même besoin de les contacter, insista froidement Corentin. Ce que, bien sûr, nous ferons « en toute discrétion »…

Aimé Brichot et lui échangèrent un regard un peu décontenancé. Au fond, Alise de Madridejos paraissait assez sûre d'elle. Elle devait savoir qu'ils allaient interroger son entourage, les autres occupants de l'hôtel particulier, pour savoir si la petite soirée en question avait bien été annulée. Et ça ne semblait pas l'inquiéter plus que ça.

Boris Corentin décida d'abattre une nouvelle carte, pour brusquer le jeu.

– Madame de Madridejos, attaqua-t-il, en la regardant droit dans les yeux, est-ce que le nom d'Anthony Quittard vous dit quelque chose ?

L'espace d'une seconde ou deux, la jeune femme parut décontenancée par la question, et même vaguement sur ses gardes. Mais elle se reprit aussitôt :

– Bien sûr, c'est un tout jeune pompier que le sergent-chef Moulin a amené ici hier soir : je voulais recueillir ses impressions de nouvelle recrue, pour un article que je projette d'écrire. Pourquoi ?

– Oh ! pour une raison toute simple, répondit Corentin, en maintenant son interlocutrice sous le feu de son regard pénétrant. Parce que, quelques heures plus tard, on l'a retrouvé mort dans un immeuble en voie de démolition, la gorge tranchée de part en part. Je trouve qu'on meurt décidément beaucoup, en ce moment, parmi les pompiers que vous fréquentez, Madame de Madridejos !

Plus tard, Boris Corentin et Aimé Brichot s'avouèrent qu'ils avaient eu, à ce moment-là, exactement la même impression presque irréelle : celle de voir le corps splendide d'Alise se recroqueviller sur lui-même. En même temps, son teint était devenu d'une pâleur de suaire, sa bouche s'était affaissée, comme si elle était brusquement trop lourde, ses pupilles s'étaient dilatées, au point de faire disparaître presque complètement son iris bleu clair, tandis que de fines gouttes de sueur avaient inondé son front et ses tempes.

– C'est impossible ! balbutia-t-elle, en passant une main devant ses yeux, comme si elle voulait chasser un cauchemar de son esprit. Mais qui a pu… Et pourquoi ? POURQUOI ?

Elle avait presque hurlé le dernier mot. Ses lèvres tremblaient nerveusement, elle paraissait au bord d'éclater en sanglots. Corentin nota deux choses, liées l'une à l'autre.

D'abord qu'Alise de Madridejos paraissait vraiment effondrée par la nouvelle qu'il venait de lui apprendre, alors qu'elle semblait prendre avec beaucoup de sérénité la mort de Louise Humières.

Bien sûr, il y avait le fait que la jeune pompière, officiellement, était morte d'une simple hémorragie, alors qu'Anthony, lui, avait été sauvagement assassiné.

Seulement, Corentin avait été également frappé par le changement d'attitude soudain de Fabrice Moulin. Alors qu'il était resté d'une impassibilité totale durant tout le début de l'entretien, il venait de se redresser brusquement. Et ses bras musclés, ballants le long de son corps d'athlète, tremblaient légèrement, tandis qu'il demeurait stupidement la bouche ouverte.

Lui aussi, comme sa maîtresse, avait dans le regard une lueur d'incompréhension affolée.

Bref, dans un cas comme dans l'autre, tout se passait comme si la mort qu'il venait d'annoncer à Alise et à son amant les prenait au dépourvu, leur paraissait totalement inexplicable, et donc assez effrayante.

Contrairement à celle de Louise Humières.

Plus il y réfléchissait et plus Boris Corentin était persuadé que ni Alise de Madridejos, ni Fabrice Moulin ne devaient être responsables de l'assassinat d'Anthony Quittard. En revanche, il sentait qu'ils étaient probablement pour quelque chose dans celui de Louise Humières.

Et, pourtant, malgré cette différence essentielle, il continuait de penser que ces deux morts étaient *intimement liées*...

CHAPITRE VIII

Alise de Madridejos claqua violemment la porte derrière elle, faisant légèrement tressaillir l'homme qui lui tournait le dos, immobile dans son fauteuil roulant, devant la grande cheminée en marbre où brûlait un feu de chêne. Sa maigreur extrême était encore accentuée par le tissu de sa robe de chambre, en satin damassé, rouge et argent, qui lui donnait un peu l'apparence d'une momie royale récemment exhumée de son tombeau de la Vallée des Rois.

La pièce où le paralytique passait l'essentiel de sa vie depuis plusieurs années était actuellement assez sombre, car d'épais volets intérieurs obturaient les deux fenêtres donnant sur la cour d'honneur de l'hôtel particulier. Il flottait dans l'air une odeur de tabac blond très fruité, vaguement écœurante.

Cette pièce était également encombrée de sofas, de fauteuils, de secrétaires, tous surchargés de dorures de style arabo-andalou. Un style qui, en lui rappelant les années passées en Espagne, flanquait toujours un peu le cafard à Alise. Sans parler des tableaux de toutes tailles qui envahissaient les murs : tous représentaient l'un ou l'autre des ancêtres d'Alberto de Madridejos.

À commencer par le fondateur de la lignée, Jorge, qui, en 1492, avait participé à la prise de l'Alhambra de Grenade, dernier épisode de la *Reconquista* de l'Espagne sur les Arabes, par les troupes de Ferdinand d'Aragon et d'Isabel de Castille, dite « la Catholique ».

Tous ces personnages figés dans leurs cadres arboraient un air sévère, scrutateur, qui mettait toujours Alise assez mal à l'aise, parce qu'elle avait l'impression qu'ils portaient sur elle un jugement d'outre-tombe.

Mais aujourd'hui, elle s'en fichait : elle était trop en colère pour être impressionnable. En colère contre l'occupant de la grande pièce trop sombre où elle venait d'entrer avec un certain fracas.

L'homme fit pivoter lentement son fauteuil. Une fois de plus, malgré l'habitude, Alise ne put s'empêcher de frissonner de dégoût, en découvrant la cagoule de satin rouge qui enveloppait complètement la tête de son mari. Une cagoule percée de trois ouvertures, deux petites rondes pour les yeux, une plus grande et allongée pour la bouche.

La bouche… Pouvait-on encore appeler bouche, se demandait Alise à chaque visite, ce trou béant, d'un vilain rosâtre, totalement dépourvu de lèvres ?

Puis, il y avait ces deux yeux. Sombres, fixes, perpétuellement luisant d'une sorte de haine froide, acérés comme des aiguilles, dont Alise se sentait à chaque fois transpercée jusqu'au plus profond d'elle-même.

Et, surtout, elle ne pouvait s'empêcher de penser à ce que dissimulait la cagoule de satin écarlate. Ce masque sans nez, dépourvu de tout système pileux, ce magma horrible et répugnant de chairs brûlées, qui, avant la tragédie d'Aranjuez, avaient été le visage d'Alberto de Madridejos, admiré de la plupart des femmes…

– Puis-je savoir ce qui me vaut l'honneur de votre visite ? articula froidement l'infirme, en espagnol.

Alise allait répondre à la question à la fois ironique et méprisante de son mari, lorsque les accords graves et sombres d'un quatuor à cordes emplirent la pièce, sortant de haut-parleurs invisibles.

C'est seulement à ce moment-là qu'Alise s'avisa de la présence, dans le coin le plus sombre de la pièce, de Ramona Huercal, la gouvernante de son mari.

Une fois de plus, Alise fut désagréablement impressionnée par cette femme de 54 ans, qui en paraissait facilement dix de plus. Par sa silhouette massive, aussi carrée et musculeuse que celle d'un homme, mais néanmoins nantie de deux énormes seins et d'une croupe large de jument poulinière. Sans parler de sa tête énorme, carrée, masculine, de ses traits figés, de ses cheveux noir corbeau tirés en un chignon implacable ; et surtout de ses petits yeux sombres, perçants, fureteurs, inquisiteurs, qui paraissaient être la seule chose vivante dans ce bloc de chair dure et immobile.

C'est elle qui venait d'insérer le disque de *La Jeune Fille et la Mort* dans la platine.

– Vous ne pourriez pas dire à la vieille d'arrêter cette saloperie de musique un moment ? grinça Alise, en français. J'ai des choses importantes à vous dire !

– Plus importantes que Schubert ? feignit de s'étonner,

en espagnol, Alberto de Madridejos, en donnant à sa belle voix grave et profonde un accent nettement ironique. Vous m'étonnez, ma chère ! Quant à cette excellente Ramona, elle n'aime pas tellement qu'on la traite de vieille, savez-vous ? C'est une femme très sensible, au fond !

Au fond de la pièce, le visage carré et inexpressif de la gouvernante semblait dire exactement le contraire…

Malgré sa répugnance instinctive pour le corps torturé de l'infirme, Alise s'avança résolument vers le fauteuil roulant et se campa devant son mari, le dominant de toute sa hauteur.

– Vous avez tué Anthony ! lâcha-t-elle, d'une voix qui n'admettait aucune réplique.

– Je ne connais aucun Anthony, répondit très calmement Alberto de Madridejos, toujours dans sa langue maternelle. Et même si je venais à en connaître un, je vois mal comment je pourrais le tuer, depuis ce fauteuil. Je suppose qu'il s'agit de l'un de vos amis habituels ? D'un de ces petits pantins en uniforme que vous appréciez tant…

Alise tapa du talon sur le parquet sombre, comme une gamine contrariée :

– Ne jouez pas sur les mots, je vous en prie ! Si ce n'est pas vous personnellement, c'est l'espèce de brute hommasse qui vous sert d'esclave qui a dû se charger de la besogne pour votre compte ! Avouez donc, bordel de merde !

Alberto de Madridejos eut un léger sursaut du buste et ses doigts maigres se crispèrent sur les accoudoirs de son fauteuil d'infirme, comme les serres d'un oiseau de proie.

– Avouer, Madame ? articula-t-il d'une voix glaciale, effrayante de calme. Vous vous prenez donc pour mon juge, à présent ? Et puis, ces mots dans la bouche d'une marquise, vraiment…

Une sorte d'horrible sourire distendit sa bouche sans lèvres, sous la cagoule de satin écarlate, et il poursuivit, sur un ton moins cinglant, presque doux :

– Mais puisque ça semble être si important pour vous, eh bien ! oui, c'est en effet moi qui ai demandé à cette irremplaçable Ramona de nous défaire de ce jeune imbécile que vous nommez Anthony. Prénom que j'ignorais, du reste…

Un lourd silence s'installa entre les époux Madridejos, rythmé par les accords douloureux de l'*andante* du quatuor de Schubert. Alise était devenue très pâle, elle contemplait son mari avec une sorte d'effroi mêlé d'incompréhension.

– Mais pourquoi avez-vous fait une chose pareille ? finit-elle par murmurer très doucement, avec presque de la commisération dans la voix.

Le regard du marquis de Madridejos se fit plus intense, et sa voix devint coupante comme de la glace :

– Ce garçon s'est introduit sous mon toit pour souiller mon épouse légitime, et vous trouvez que ce n'est pas une raison suffisante pour qu'un homme d'honneur le fasse mettre à mort, Madame ?

Face à lui, Alise sentait qu'elle perdait pied. Comme dans ces rêves où, après avoir pris toutes les apparences d'une normalité banale, la situation dérape soudain dans l'irrationnel le plus incompréhensible.

– Mais enfin, Alberto… bafouilla-t-elle. Il n'était pas le… enfin, je veux dire… ce n'était pas la première fois que je…

Son mari lui vint en aide, du même ton grave, presque sépulcral :

– Je sais bien qu'il n'était pas le premier à profiter de vos faveurs, Madame ! Seulement, voyez-vous, il arrive toujours un moment où l'homme le plus patient, le plus résigné ne supporte plus de voir son honneur continuellement bafoué de la plus dégradante des manières ! De voir son nom sali par la plus ignoble des putains ! Oh non ! ne protestez surtout pas, je vous en prie : vous êtes une putain ! La mort de votre étalon d'hier soir n'est qu'un premier avertissement : si vous persistez dans vos crapuleries, sachez que c'est à vous, directement, que je m'en prendrai à l'avenir ! Notamment en révélant ce que je sais à propos d'une certaine Louise Humières !

Au nom de la jeune pompière, Alise bondit en avant, les poings serrés, le visage déformé par un rictus de haine. Instinctivement, Ramona Huercal se rapprocha du couple, comme pour protéger son maître.

– Tu t'imagines que tu me tiens, parce que tu m'as fait espionner par la vieille, c'est ça ? gronda la jeune femme d'une voix aux accents vulgaires, comme si, du fond du passé, Muriel Coulon venait de reprendre le contrôle d'Alise de Madridejos, et sans même se rendre compte qu'elle était passée au tutoiement. Mais moi aussi, je te tiens, mon pauvre Alberto ! Puisque tu as eu la bêtise de m'avouer que tu avais fait tuer Anthony…

– Ça m'est totalement égal, soupira le marquis, d'une voix soudain très lasse. Du reste, tout m'est égal, à commencer par ma propre existence. Mais avant de songer à y mettre fin, il m'importe de laver le nom des Madridejos, que vous vous plaisez à souiller depuis trop d'années ! C'est pourquoi je vous demande une dernière fois de cesser de vous comporter comme une truie en chaleur, sinon…

– Sinon quoi ? rugit Alise, au comble de la fureur. Je n'ai rien à faire de tes menaces, espèce de monstre ! Non seulement je continuerai à m'envoyer en l'air, mais je vais même aller le faire dès maintenant ! Avec l'amant vigoureux et très beau qui m'attend à l'étage en dessous !

Sans se soucier du sourd grondement qui s'exhalait de la gorge de son mari, la jeune femme tourna les talons et sortit de la pièce sombre. Dont elle fit, une nouvelle fois, claquer violemment la porte derrière elle.

Dès qu'il fut seul, Alberto de Madridejos sentit des larmes brûlantes monter à ses yeux, avant de dévaler le long de ses joues ravagées par ses anciennes brûlures. Il crut qu'il allait se mettre à hurler.

De douleur, de honte, de rage, d'humiliation…

Et aussi de haine.

L'*andante* du quatuor de Schubert continuait de dérouler ses accords plaintifs et douloureux, sur fond de crépitement de pluie contre les vitres des fenêtres.

Ramona Huercal, sanglée dans sa robe grise à petites fleurs bleues, sans charme ni forme, était toujours immobile dans le coin le plus sombre de la pièce. En bon chien fidèle qu'elle était depuis tant d'années, la gouvernante attendait les ordres de son maître. De son Dieu.

Ramona était une toute jeune adolescente de quatorze ans, lorsque ses parents l'avaient placée au service du vieux *marquès* de Madridejos, le père d'Alberto. Ce dernier avait alors trois ans et, tout naturellement, parce que ni son père ni sa mère n'avaient le temps de s'occuper de lui, Ramona était devenue la gouvernante du gamin. Mieux : sa compagne de jeux, sa complice. C'est elle qui l'avait plus ou moins élevé, personne ne le connaissait mieux qu'elle.

Alberto venait d'avoir seize ans – Ramona en avait elle-même vingt-sept –, lorsque leurs rapports avaient pris un tour nouveau, un soir d'orage où ils étaient seuls tous les deux dans la grande propriété d'Aranjuez.

À cette époque, la gouvernante n'avait pas encore cette silhouette hommasse qui était devenue la sienne au fil des années, même si, déjà, la féminité et la grâce n'étaient pas ses points forts...

Malgré le peu de charme de son corps, le manque d'attrait de son visage carré, Ramona s'était bien aperçue que, depuis quelque temps, Alberto ne la regardait plus comme avant. Plus comme une simple compagne de jeux.

Ou alors, c'étaient des jeux nouveaux, moins innocents, qui occupaient désormais son esprit enfiévré d'adolescent en pleine crise de croissance...

Ramona avaient surpris plusieurs regards appuyés du

garçon en direction de sa lourde poitrine, et elle savait bien que ce n'était pas par hasard s'il ne ratait jamais une occasion de frôler sa large croupe.

Ça ne la choquait pas du tout, malgré la stricte éducation catholique qu'elle avait reçue. Dans son esprit simple, les choses étaient parfaitement claires : Alberto était son maître, il avait donc tous les droits sur elle.

En réalité, elle ressentait même une grande fierté – et un certain trouble... – lorsqu'elle constatait dans les yeux de l'adolescent le désir qu'elle suscitait chez lui.

Plusieurs fois, en poussant par mégarde la porte non fermée à clé de la salle de bain, elle l'avait surpris, dans la grande baignoire, en train de se masturber frénétiquement. La première fois, avant de refermer la porte, elle avait eu le temps de s'apercevoir que le petit « zizi » qu'elle lavait consciencieusement lorsque Alberto était enfant, était devenu une virilité de bonne taille et de belle prestance...

Et elle en était arrivée à se demander si le jeune homme ne faisait pas exprès de laisser la porte de la salle de bain ouverte, lorsqu'il s'adonnait à ses petits jeux de main. Dans l'espoir que sa gouvernante le surprenne et qu'elle puisse contempler son sexe dressé et tout gonflé de jeune sève...

Et puis, il y avait eu cette soirée du 7 juillet. Il était un peu plus d'onze heures du soir, Ramona venait de se mettre au lit, sa journée terminée. Comme la chaleur était accablante, malgré l'énorme orage qui avait éclaté une vingtaine de minutes plus tôt, elle ne portait qu'une très fine chemise de nuit, ample et presque transparente à force de légèreté.

C'est alors que, la faisant sursauter, Alberto était entrée dans sa chambre. Il était torse nu, vêtu d'un bas de pyjama bleu, qui ne permettait pas d'ignorer dans quel état d'« énervement » le mettait l'orage.

– Je n'arrive pas à dormir… avait-il murmuré d'une voix sourde, en s'approchant du lit de sa gouvernante. Je crois que ça me fait peur, tous ces coups de tonnerre… L'orage a l'air d'être tellement près !

En souriant dans l'ombre, Ramona s'était abstenue de lui faire remarquer que, à seize ans révolus, c'était la première fois qu'il prétendait avoir peur de l'orage, et qu'il était limite crédible sur ce coup-là…

Elle s'était contentée d'ouvrir largement son lit, sans dire un mot. Alberto s'y était glissé avec une sorte de hâte fébrile, puis s'était pelotonné contre le corps chaud et massif de sa gouvernante, n'osant plus faire un geste, s'autorisant à peine à respirer.

Un grand trouble s'était emparé de Ramona, lorsqu'elle avait senti la virilité chaude et dur de son « bébé » s'appuyer contre son flanc. Ils étaient restés longtemps comme ça, rigoureusement immobiles, la respiration courte, environnés par le fracas des coups de tonnerre de plus en plus proches.

Finalement, n'en pouvant plus de désir, c'est Ramona qui avait pris l'initiative. Elle avait faufilé doucement sa main entre leurs deux corps, avait glissé ses doigts entre le pyjama et la peau douce d'Alberto, avant de les refermer autour de son sexe tendu et palpitant.

Aussitôt, l'adolescent s'était rué sur son corps, avec la voracité d'un poupon affamé, se précipitant sur ses gros seins encore fermes pour en téter goulûment les pointes rouge foncé, dressées et dures.

Puis, il avait glissé ses mains sous la chemise de nuit et avait empoigné les larges fesses et le sexe touffu de sa gouvernante, avec une sorte de brutalité impatiente qui avait fait défaillir Ramona de désir.

Ouvrant largement ses cuisses massives, elle avait attiré son « bébé » sur son ventre. Et, tout naturellement, comme s'il n'avait jamais rien fait d'autre, son membre tendu et gonflé de sève était venu coulisser sans effort dans le puits moite et brûlant de sa corolle épanouie…

Ils avaient fait l'amour ainsi, en secret, sans que personne le sache jamais, durant cinq ans. Régulièrement, avec de plus en plus de plaisir et de raffinement érotique. C'est ainsi, par exemple, qu'Alberto était le premier homme – et même le seul – que Ramona avait laissé la sodomiser. Elle n'y avait pris pour sa part aucun plaisir, mais, par amour pour lui, elle l'avait autorisé à recommencer, aussi souvent qu'il le voulait. Trouvant à chaque fois, dans sa propre soumission, le bonheur que ne lui procurait pas l'acte lui-même.

Et puis, lorsque Alberto avait eu 21 ans, il avait quitté non seulement la maison familiale, mais également l'Espagne, pour aller continuer ses études à Harvard, aux États-Unis. Pour Ramona avait alors commencé ce qu'elle appelait ses « années grises ». Loin d'Alberto, sa raison de vivre, elle n'était plus rien. Se sentait vide, inutile, morte…

C'était ça, exactement : elle était une morte qui continuait de marcher, d'accomplir les gestes de la vie quotidienne, de se nourrir, de dormir, mais une morte tout de même.

Et une morte qui, du jour où Alberto avait quitté la maison, n'avait plus ni souri ni parlé, à moins que ce ne soit strictement indispensable.

Lorsqu'il était revenu s'installer en Espagne, une fois ses études terminées, Alberto n'avait pas voulu renouer ses liens avec son ancienne gouvernante. Même, il lui avait fait comprendre que ce serait mieux, pour eux deux, s'ils cessaient complètement de se voir.

Quelques années plus tard, Ramona Huercal avait appris par le vieux marquis de Madridejos, déjà très malade à ce moment-là, que son fils allait se marier avec une Française « sortie d'on ne sait où ». Alberto n'avait même pas pris la peine de l'avertir lui-même de ce mariage ; et, ce jour-là, Ramona était devenue encore un peu plus morte qu'avant...

Et puis, comme par un miracle divin, pour cette morte était venu le jour de la résurrection.

Lorsqu'elle avait appris l'horrible accident survenu à Alberto, dans la propriété d'Aranjuez, elle avait senti son cœur bondir d'allégresse, et le flot brûlant de la vie circuler de nouveau dans ses veines.

Elle en avait ressenti une immense honte, s'était traitée de tous les noms, mais elle n'y pouvait rien : sa joie était encore plus forte que la honte.

Car, instinctivement, elle avait su, à cette seconde même, qu'Alberto ne tarderait pas à la rappeler auprès de lui. Qu'elle allait redevenir sa gouvernante, lui son bébé, et que tout reprendrait sa place, comme avant.

Et c'est exactement ce qui s'était passé, en effet, quelque onze mois plus tard.

En découvrant le visage atrocement mutilé d'Alberto, immobilisé dans son fauteuil d'infirme, Ramona avait senti son cœur se serrer de douleur, et des larmes brûlantes venir gonfler ses paupières légèrement tombantes.

Mais elle n'avait éprouvé aucun dégoût, pas la moindre répugnance devant cette pauvre figure sans lèvres et presque sans nez, sans cheveux ni sourcils, à la peau vilainement rosâtre et lisse.

Pour elle, Alberto était toujours son bébé ; toujours aussi le bel adolescent ardent et fougueux qui lui avait donné tant de plaisir, nuit après nuit.

Et, avec autant de naturel qui si rien ne s'était passé, autant de facilité que s'ils s'étaient quittés la veille, Ramona Huercal et Alberto de Madridejos s'étaient installés dans leur nouvelle vie commune. Vie de reclus, de cloîtrés, d'enterrés vivants, que le marquis avait choisi et qui convenait parfaitement à sa gouvernante.

Après tout, elle avait été morte durant tant d'années déjà, qu'est-ce que ça pouvait bien lui faire d'être maintenant enterrée vivante ?...

Alberto de Madridejos resta longtemps ainsi, à fixer de son regard sombre et brûlant la porte par laquelle sa femme venait de disparaître. S'abandonnant complètement aux sentiments violents, presque insupportables qui agitaient, par en dedans, son pauvre corps immobile, au point de sombrer dans une sorte de semi-inconscience comateuse.

Lorsqu'il refit surface, la première chose qu'il perçut fut le crépitement de plus en plus dense de la pluie contre les carreaux des fenêtres.

Il se demanda s'il s'était endormi ou carrément évanoui ; et aussi combien de temps il était resté dans cet état presque cataleptique, d'où il venait de péniblement émerger, le cœur battant à tout rompre.

Puis, avec la soudaineté et la violence de la foudre, la réalité lui revint. Il crut même entendre, venant de l'étage en dessous, les râles de plaisir ignobles poussés par sa femme, se tordant sous les coups de boutoir de l'un ou l'autre de ses misérables étalons de passage.

En tournant la tête, il vit que Ramona était toujours là, aussi immobile qu'une statue, dans le coin le plus sombre de la pièce, indifférente à tout, du moins en apparence.

D'un geste las de sa main droite décharnée, il lui fit signe d'approcher.

Aussitôt, la gouvernante se précipita vers lui, avec la hâte d'un chien fidèle à qui son maître vient de montrer la laisse et le collier de la promenade.

Sans dire un mot, sans qu'Alberto ait besoin de lui dire quoi que ce soit, elle s'agenouilla devant lui. Avec des gestes précautionneux, infiniment tendre, elle écarta les pans de sa robe de chambre damassée. Découvrant ses cuisses maigres et son sexe encore assoupi.

Elle le prit au creux de ses deux mains, avec la

délicatesse que l'on prend pour recueillir un oisillon tombé de son nid. Une sorte de ferveur illuminant son visage disgracié et masculin, elle se pencha en avant et posa ses lèvres minces sur l'objet de sa dévotion, s'employant à réveiller à petits coups de langue amoureux la virilité endormie.

Ce traitement ne tarda pas à produire ses effets. Et c'est avec autant d'émerveillement qu'au premier jour que Ramona vit la verge de son maître gonfler, durcir, s'ériger fièrement juste devant son visage subitement empourpré.

Alors, elle entrouvrit les lèvres et y fit coulisser lentement le membre noueux, dont elle connaissait par cœur chaque centimètre carré et ses plus infimes réactions.

Lorsque la langue chaude de sa gouvernante s'enroula autour de lui, Alberto poussa un profond soupir et rejeta en arrière sa pauvre tête martyrisée.

En même temps, par le simple réflexe de l'habitude, il plongea ses deux mains dans l'échancrure de la robe grise de Ramona et se mit à pétrir ses gros seins, dont l'abondance et la mollesse produisaient toujours sur lui un effet plus rassurant, plus maternel que proprement érotique.

Depuis leurs « retrouvailles », Alberto de Madridejos et sa gouvernante n'avaient jamais refait l'amour ensemble, comme ils le faisaient autrefois.

Mais, dès le premier soir de son installation ici, Ramona avait tout naturellement glissé aux genoux de son maître, lorsqu'il avait écarté devant elle les pans de sa robe de chambre, pour lui faire découvrir son sexe en pleine érection.

Et elle avait éprouvé une sensation de bonheur intense, presque douloureuse, lorsqu'il s'était répandu à grands flots onctueux dans sa bouche, avide de le recueillir.

Depuis, à intervalles plus ou moins réguliers, selon l'humeur du maître, elle lui faisait l'offrande de ses lèvres…

D'habitude, Alberto ne résistait jamais bien longtemps à la caresse experte de la bouche de Ramona. Au bout d'une minute ou deux, rarement plus, il explosait au fond de sa gorge, et il éprouvait une sorte de satisfaction naïve à la voir boire son plaisir jusqu'à la dernière goutte, avec une expression de réel et d'intense ravissement.

Mais, là, il sentit qu'il ne parviendrait pas jusqu'à cette explosion dont il avait pourtant tellement besoin.

Parce que l'image d'Alise, de son visage à la sensualité lourde, animale, qu'il avait fini par haïr, revenait sans cesse danser devant ses yeux, comme pour le narguer.

Sans même baisser la tête vers Ramona, qui continuait d'avaler doucement sa verge dure, il murmura :

– Ramona, j'ai un travail urgent à te confier…

C'est à peine s'il reconnut sa propre voix. Comme si quelqu'un d'autre, un inconnu vaguement effrayant, venait de s'exprimer à l'intérieur de son propre corps.

– Tu vas me trouver le numéro de téléphone de ce policier qui est venu ce matin interroger Alise, ce Boris Corentin. J'ai besoin de lui parler…

Tandis qu'il parlait, sa virilité avait fondu entre les lèvres de Ramona. La gouvernante comprit que ses efforts seraient vains. Elle se redressa et sortit de la pièce sans dire un mot.

Afin d'exécuter sans plus tarder l'ordre qui venait de lui être donné et qu'elle ne songea pas à discuter, ni même à essayer de le comprendre.

Lorsqu'elle fut sortie, Alberto se sentit mieux. Cette fois, en prenant enfin la décision radicale qui s'imposait, il était passé de l'autre côté du miroir. Et, d'une façon ou d'une autre, tout serait bientôt terminé.

Définitivement terminé.

Chapitre IX

– Tiens ! mais je ne rêve pas : ce sont mes deux flics préférés ! s'exclama joyeusement la jeune femme rousse et rieuse qui se trouvait seule dans le bureau des Affaires recommandées.

Le sourire de Boris Corentin s'épanouit, en reconnaissant le lieutenant Géraldine Hébert, alors que celui d'Aimé Brichot était plus « mi-figue, mi-raison » : depuis que la jeune policière avait rejoint le service, il ne pouvait s'empêcher de ressentir une certaine jalousie, en constatant la complicité qui s'était tout de suite instaurée entre sa flèche et elle.

Même s'il reconnaissait volontiers en lui-même que c'était complètement idiot de sa part…

– Tiens ! Géraldine ! dit-il en s'efforçant de prendre un air ravi. Comment allez-vous, par cette belle journée pluvieuse et frisquette ?

– Mais… plutôt pas mal, et vous ? répondit Géraldine avec un large sourire. Et toi, Boris, ça boume ?

C'était une chose assez bizarre, qui s'était instaurée entre eux trois, dès le début de leurs relations[1], et sans que personne ne sache exactement comment ça s'était fait : Géraldine Hébert tutoyait Boris Corentin mais

1. Voir le Brigade mondaine N° 254 : *Love Academy.*

vouvoyait Aimé Brichot. Qui, du coup, faisait pareil.

Boris Corentin ne répondit rien à la question de Géraldine. Simplement parce que, en poussant la porte du bureau, il avait reçu un petit choc au creux de la poitrine.

Agréable, le choc.

À chaque fois qu'il se retrouvait face à leur jeune coéquipière, après une séparation plus ou moins longue, il ne pouvait s'empêcher de la trouver vraiment très jolie. Mieux que ça : appétissante. Surtout lorsque, comme maintenant, elle lui souriait, ce qui faisait à chaque fois apparaître la petite fossette de sa joue droite.

Boris Corentin demeura donc silencieux et immobile. Juste pour s'offrir, pendant quelques secondes, le plaisir de la regarder tout à son aise.

Géraldine Hébert était une jeune femme de 26 ans, rousse, les cheveux courts. Elle avait le teint laiteux, parsemé de quelques taches de rousseur discrètes sur les pommettes et les ailes du nez ; un nez qu'elle avait petit et légèrement retroussé. Avec cela, une bouche rouge et naturellement rieuse, ainsi que deux admirables yeux verts, qui pétillaient de malice derrière ses petites lunettes rondes à monture dorée très fine.

La première fois qu'il l'avait vue, Boris Corentin s'était fait la réflexion qu'elle ressemblait un peu à l'actrice Véronique Genest, à l'époque déjà lointaine où celle-ci incarnait la *Nana* d'Émile Zola pour la télévision.

Le physique de Géraldine était à la hauteur de son visage : grande, de longues jambes fines, une croupe ronde et ferme, deux petits seins aigus et hauts placés, qui se passaient parfaitement d'un quelconque soutien.

En plus de ça, c'était une jeune femme au caractère naturellement enjoué, facile à vivre, dotée d'un solide sens de l'humour et capable d'être drôle elle-même, à ses heures. Le tout joint à une intelligence acérée et une grande conscience professionnelle.

Bref, aux yeux de Boris, incorrigible coureur de jupons, Géraldine Hébert aurait parfaitement pu figurer la femme idéale, telle qu'il la concevait.

À un seul détail près.

Mais un détail qui flanquait tout par terre.

La jeune et jolie « fliquette » Géraldine Hébert aimait autant les femmes qu'il les aimait lui-même !

Oh ! bien sûr, c'était une fille moderne, n'ayant rien à voir avec l'image un peu caricaturale – mais pas totalement inventée... – de la lesbienne hommasse et agressive avec les mecs, façon Balasko dans *Gazon maudit* !

Et même, lors d'une de leurs précédentes enquêtes communes[1], un soir, Boris Corentin avait eu l'impression assez nette qu'il s'en était fallu d'un rien, mais vraiment d'un rien pour que Géraldine et lui...

Boris Corentin finit par s'arracher à sa rêverie vaguement érotique, et il sourit à Géraldine, qui l'observait d'un air un peu narquois, mais aussi avec une certaine tendresse.

– Tu bosses sur quelque chose d'intéressant, en ce moment ? demanda-t-il à la jeune femme.

Cela faisait seulement quelques mois que Géraldine Hébert avait intégré le service prestigieux des Affaires

1. Voir le Brigade mondaine N° 257 : *Nuit chaude à Barcelone*.

recommandées. Et ce, grâce au rôle déterminant qu'elle avait joué, lors de cette affaire particulièrement épineuse qui les avait conduits, Corentin et elle, jusqu'en Espagne.

Géraldine faisait donc désormais partie du service, mais en tant qu'« électron libre », comme disait Charlie Badolini, ce qui signifiait qu'elle aidait aussi bien l'équipe Corentin – Brichot, que celle formée par Rabert et Tardet, selon les besoins des uns ou des autres. Mais elle ne faisait pas mystère de sa préférence pour la première équipe citée…

– Non, je suis libre comme l'air ! répondit la jeune femme, avec un grand sourire. Tardet et moi, on vient de boucler une affaire de partouzes mondaines, dans laquelle il y aurait eu soi-disant des filles mineures. Finalement, ça s'est révélé complètement bidon…

– Ce sont des choses qui arrivent… philosopha Aimé Brichot, en s'installant à son bureau.

– Vous auriez besoin de mes services, par hasard ? demanda Géraldine, d'un air gourmand.

– *A priori*, non… répondit Corentin.

Voyant la mine déçue de sa jeune collègue, il s'empressa d'ajouter :

– Mais on ne sait jamais, hein !

– Et si vous me racontiez, en attendant ?

– En attendant quoi ? demanda naïvement Brichot, occupé à nettoyer ses verres de lunettes avec la petite peau de chamois qui ne le quittait jamais.

– L'heure de la bouffe, tiens ! s'exclama Géraldine en riant. C'est que je commencerais à avoir les crocs, moi !

Boris Corentin ne put retenir un petit sourire amusé. Il aimait bien le côté « nature » de Géraldine, même si, parfois, il faisait semblant de s'offusquer de certaines grossièretés qui franchissaient le seuil de ses jolies lèvres…

– On est sur une histoire assez bizarre, et sur laquelle on piétine un peu, avoua-t-il avec une petite grimace.

– Une histoire de pompiers… précisa Aimé Brichot, en remettant ses lunettes sur son nez.

– De pompiers ? s'exclama Géraldine. Mais c'est très excitant, ça !

– Ne me dis pas que, *toi*, tu fantasmes sur ces machos virils en uniforme ! se moqua gentiment Boris.

– Je voulais dire que c'est excitant *intellectuellement*, espèce de mauvais esprit ! rétorqua la jeune femme, sans se formaliser le moins du monde de cette allusion directe à ses préférences lesbiennes.

D'ailleurs, lorsqu'elle abordait elle-même le sujet de ses amours, Géraldine Hébert ne se qualifiait jamais de lesbienne, mais de « féminophile ».

– Je trouve ça plus mignon, prétendait-elle, avec une certaine coquetterie…

Rapidement, Boris Corentin exposa à leur jeune collègue les éléments de ce qu'ils appelaient désormais « l'affaire Madridejos ». Car, plus ça allait, plus Corentin était persuadé que tout tournait autour des « sauteries pompières » de la rousse Alise.

– Encore une rousse ! s'exclama Géraldine. Le marché commence à être un peu trop encombré, je trouve ! J'espère que tu n'as pas succombé à son charme, au moins ?

Elle avait dit ça, en riant, mais Boris nota, avec une pointe de satisfaction « machiste » qu'il y avait tout de même une certaine inquiétude dans sa voix…

– Tu sais bien qu'il n'y a qu'une rousse qui compte, à mes yeux ! répondit-il galamment.

– Menteur ! Donc, vous pensez que cette Louise Humières serait morte par accident, en quelque sorte, après qu'on lui aurait introduit le bout d'une lance à incendie dans le… enfin, là où elle n'aurait normalement pas dû se trouver… D'abord, est-ce qu'il s'agit bien de ça ?

– Oui, intervint Aimé Brichot. On a eu le rapport d'expertise du labo, il y a moins d'une heure : la bague retrouvée dans le… dans le corps de la victime vient bien d'une lance incendie. D'une LDT de marque Elkhart.

– Une quoi ?

– Une LDT : une lance à dévidoir tournant, précisa Boris Corentin, en allumant une cigarette légère.

– Dis donc, vous êtes en train de devenir drôlement calés en la matière ! s'amusa Géraldine. Puis, redevenant brusquement sérieuse : si vous pensez vraiment que cette rouquine de mes deux est responsable de la mort de Louise Humières, pourquoi est-ce que vous ne l'alpaguez pas ?

– « Rouquine de mes deux », « alpaguer » : mais qu'est-ce que c'est que ce vocabulaire de charretier ? soupira Corentin, en levant les yeux au plafond. Figure-toi qu'on ne l'« alpague » pas, comme tu dis, parce qu'on a aucune preuve contre elle, pour l'instant.

– On n'est même pas sûr qu'elle soit *personnellement* responsable, ajouta Aimé Brichot. On pense juste que cette mort a *quelque chose à voir* avec les petites orgies organisées par Alise de Madridejos, c'est tout ! Et, en plus, aussi bien du côté Madridejos que du côté Humières, on a affaire à des gens qui ont le bras très très long. Et qui semblent décidés à nous assommer avec, si jamais on fait le moindre faux pas. Par conséquent, on est censé…

– « Marcher sur des œufs », selon la formule que tu dois commencer à connaître aussi bien que nous ! compléta Boris Corentin, sur un ton un peu amer.

– N'empêche qu'il y a aussi la deuxième mort, celle de cet Anthony je-ne-sais-plus-quoi… reprit Géraldine.

– Anthony Quittard… glissa Corentin.

– Oui, si tu veux, fit négligemment Géraldine. Bon, là, il peut difficilement s'agir d'un accident, si on lui a tranché la gorge d'une oreille à l'autre !

– Tu as raison, soupira Boris. D'ailleurs, depuis notre entrevue avec elle, je suis à peu près persuadé qu'Alise de Madridejos n'a rien à voir avec ce meurtre. Pourtant, je suis tout aussi persuadé que la mort d'Anthony Quittard est quand même liée à ses petites partouzes « pompiérophiles », si vous me passez l'expression.

Il écrasa nerveusement sa cigarette à demi fumée dans le cendrier publicitaire qui traînait sur son bureau, et se mit à arpenter la pièce à grandes enjambées, le front barré par un pli soucieux :

– En fait, je suis tellement sûr que tout part de là, de ce petit milieu de grandes bourgeoises affolées par l'uniforme et de jeunes pompiers acceptant de leur servir d'étalons, que j'ai caressé l'idée, un moment, d'essayer de m'y introduire incognito…

– Pour baiser à l'œil ? ne put s'empêcher de demander Géraldine, qui s'attira un regard réprobateur d'Aimé Brichot, toujours un peu prude.

– Non, plutôt pour gagner leur confiance et tâcher de découvrir quelque chose de déterminant, ou tout au moins d'utile, fit Corentin. Seulement, c'est impossible, dans la mesure où je suis déjà connu comme flic, depuis notre visite à la caserne, hier…

Le silence retomba dans le bureau des Affaires recommandées, uniquement troublé par le crépitement de la pluie sur les carreaux et par le ronron incessant des voitures qui défilaient sur le quai des Orfèvres, deux étages plus bas.

Il fut finalement rompu, au bout de quelques secondes, par Géraldine Hébert, dont la voix s'était brusquement chargée d'une certaine excitation :

– *Vous deux*, vous êtes peut-être identifiés en tant que flics… mais pas moi !

Boris Corentin et Aimé Brichot en restèrent muets de saisissement durant quelques instants, chacun des deux réfléchissant très vite aux implications possibles de ce que venait de dire leur collègue.

– Tu sais que c'est pas idiot… murmura finalement Boris, en la regardant avec une certaine admiration. Il y aurait peut-être moyen, en effet, que sous couvert de bénévolat, tu sois intégrée dans la caserne dont dépend Fabrice Moulin, puisqu'il semble bien qu'il soit lui aussi étroitement mêlé à tout ça. Auquel cas, il se pourrait que…

– Personnellement, si on me demandait mon avis, je dirais que je trouve ça un peu trop dangereux, intervint Aimé Brichot, d'un ton un peu sec. Je vous rappelle quand même que, si elle a réellement été recrutée pour participer à l'une de ces orgies, c'est ça qui a causé la mort de Louise Humières. Et une mort que je ne souhaiterais pas à mon pire ennemi !

– C'est vrai que ce ne serait pas totalement sans risque, lui concéda Géraldine Hébert. Seulement, la différence, c'est que moi, je me tiendrais sur mes gardes… et que je suis tout à fait capable de me défendre !

– N'empêche que ça ne me plaît pas beaucoup, s'entêta Brichot, d'un air buté.

– Écoutez, voilà ce que je vous propose, trancha Boris Corentin : on va soumettre l'idée à Baba et on se conforme à sa décision. Ça vous va ?

– Ça joue ! répondit aussitôt Géraldine. Je suis certaine de pouvoir le convaincre.

– Pas gagné… murmura Aimé Brichot, en quittant le bureau à la suite des deux autres.

Une grosse demi-heure plus tard, ils étaient de retour aux Affaires recommandées. Aimé Brichot l'air un peu plus renfrogné, et Géraldine Hébert la mine triomphante.

Charlie Badolini, après quelques hésitations, leur avait donné le feu vert. À condition que Géraldine resterait constamment en contact, soit avec Corentin, soit avec Brichot.

Il avait même décroché son téléphone et appelé le capitaine des pompiers Jean-Louis Ferragio, qui leur avait déjà facilité les choses, lors de la visite effectuée par Corentin et Brichot à la caserne dont dépendait Louise Humières.

Ils étaient convenus que Géraldine allait devoir subir trois jours de préparation hyperintensive au métier de pompier, de façon à être le plus crédible possible, aux yeux des véritables combattants du feu qu'elle aurait à côtoyer.

Ensuite, le capitaine Ferragio avait assuré qu'il lui serait facile de faire intégrer la jeune lieutenant dans la caserne même où travaillait Fabrice Moulin.

– Il y a des jours où je me demande si je ne ferais pas mieux de me taire, quand une brillante idée me traverse le cerveau, soupira Géraldine, avec un petit sourire. Quand je pense qu'avec mes conneries, je vais être obligée de crapahuter comme une malade pendant trois jours !

– Oui, mais pense à tous ces beaux pompiers virils qui vont tourner autour de ta petite personne ! ajouta Boris Corentin, histoire de détendre l'atmosphère.

Car, sans se le dire, tous les trois pensaient la même chose : qu'en envoyant Géraldine Hébert en première ligne, ils jouaient avec le feu.

Ce qui était vraiment le cas de le dire.

Chapitre X

– Assieds-toi, ma chérie ! Est-ce que tu veux boire quelque chose ? Un peu de champagne, peut-être ?

Alise de Madridejos prit place dans le profond canapé de velours gris perle et adressa un sourire d'acquiescement à Christelle Dambreuse. Celle-ci se dirigea vers un petit meuble d'acajou ouvragé, à l'intérieur duquel était encastré un mini-réfrigérateur.

Alise en profita pour admirer sa silhouette, avec un œil un peu jaloux, bien qu'elle n'ait vraiment rien à envier à son amie, sur le plan du charme et de la volupté, bien au contraire. Mais elle trouvait qu'avec ses hanches étroites, ses petites fesses dures et son corps longiligne, ses petits seins à peine formés et ses cheveux blond cendré coupés court, Christelle avait vraiment une belle allure, pour ses trente ans, que bien des adolescentes auraient pu lui envier. Sans parler de son visage triangulaire, à la beauté classique, mangé par deux grands yeux très pâles et une bouche rouge aux lèvres supérieurement dessinées.

La grande porte-fenêtre du salon où se tenaient les deux femmes donnait sur un grand parc impeccablement entretenu, au-delà duquel on apercevait deux petits immeubles d'habitation, en grande partie cachés par les branches de l'énorme marronnier adossé au mur d'enceinte.

Une demi-heure plus tôt, la pluie avait brusquement cessé, et le soleil brillait de nouveau. Mais l'air était encore tellement saturé d'une humidité lourde et grasse qu'il flottait partout comme une espèce de buée qui pénétrait les vêtements et vous trempait encore plus sûrement, et presque aussi rapidement que n'importe quelle averse.

À l'intérieur du salon régnait une chaleur un peu confinée, excessive, en partie due au feu de ceps de vigne qui flambait en crépitant dans la grande cheminée d'angle. La pièce était entièrement dans les tons gris et crème, et les murs étaient vierges de toute décoration.

Après avoir posé deux flûtes à champagne sur la table basse, en acier et verre fumé, Christelle Dambreuse vint s'asseoir de biais sur l'accoudoir de canapé, tout contre Alise, dont elle se mit à caresser négligemment les longs cheveux roux, épais et brillants comme une crinière.

La blonde était vêtue d'un pantalon en stretch vert moulant, à la taille très basse, laissant apparaître la lisière d'un string noir, et d'une brassière de coton blanc qui s'arrêtait juste sous ses petits seins, laissant son ventre bronzé à nu.

Pour sa part, Alise avait opté pour une robe noire, assez ample, dont les deux pans étaient retenus entre ses seins lourds et fermes par un clip d'or blanc.

Représentant une petite échelle de pompiers…

Quand elle se pencha en avant, pour saisir sa flûte à

champagne, les deux pans s'écartèrent légèrement, et Christelle Dambreuse sentit une bouffée de chaleur lui sauter au visage, lorsqu'elle plongea machinalement ses yeux clairs dans l'échancrure, pour y découvrir un soutien-gorge à balconnets noir, superbement rempli.

– C'est très gentil à toi, d'être venue jusque dans ma campagne, murmura-t-elle, d'une voix un peu cassée par le trouble qu'elle éprouvait, en entourant d'un bras les épaules d'Alise. C'est un plaisir rare, et donc précieux, de te recevoir chez moi…

Par une sorte de coquetterie un peu snob, de simplicité affectée, Christelle Dambreuse appelait « ma campagne » l'immense maison de style 1900, située en vallée de Chevreuse, qu'elle partageait avec son mari, avec lequel elle n'avait pas jugé utile de faire des enfants, et qui était le plus clair du temps absent, pour cause d'affaires internationales, dont Christelle affectait de ne rien savoir.

De fait, l'immense parc de plus de douze hectares qui entourait la superbe bâtisse, et la rendait parfaitement invisible de la rue, pouvait laisser croire qu'on se trouvait effectivement en pleine campagne, alors qu'on se trouvait à seulement quelques stations de RER du centre de Paris.

Insensiblement, Christelle Dambreuse laissa ses doigts glisser entre les pans de la robe de sa visiteuse, jusqu'à atteindre le renflement soyeux et élastique de sa poitrine. Mais, lorsqu'elle s'enhardit à emprisonner l'un des seins dans sa paume, Alise lui saisit fermement le poignet et la repoussa aussi gentiment que possible.

– Décidément, je n'ai pas de chance avec toi… soupira Christelle sur un ton navré. Tu as tort de ne pas vouloir essayer, tu sais : je suis certaine que tu adorerais ça. Et puis, tu aurais juste à me laisser faire…

Alise lui adressa un petit sourire, dans lequel elle laissa passer une pointe de coquetterie :

– Toi, au moins, tu as de la suite dans les idées ! C'est assez flatteur pour moi, remarque… et même assez agréable, pour tout dire ! Mais, qu'est-ce que tu veux : j'aime les hommes ! Je les aime même passionnément…

– Mais moi aussi, j'aime les hommes ! protesta assez mollement Christelle, en se serrant un peu plus fort contre le corps souple de son amie. À part mon mari, bien sûr… Ça n'empêche pas que faire l'amour entre femmes est une chose délicieuse, une expérience irremplaçable…

Son souffle était devenu plus court, et, de nouveau, sa main droite s'égara sur les courbes pleines du corps d'Alise, mais par-dessus la robe, cette fois. Leurs deux parfums se mêlaient : le Ralph Lauren léger et fruité d'Alise, avec celui, plus lourd, musqué de Christelle.

Dehors, depuis quelques minutes, le soleil avait de nouveau brusquement disparu derrière de gros nuages de plomb. Et, à présent, la pluie se remettait à tomber, lourde et dense. Comme si, complice des désirs de la maîtresse de maison, elle voulait isoler les deux femmes du reste du monde, les enfermer dans un cocon liquide de douceur sensuelle.

– Et si on parlait un peu de ma proposition ? suggéra doucement Alise, pour dissiper le climat de plus en plus équivoque en train de s'installer, et qui finissait par ne plus la laisser aussi insensible qu'elle le prétendait.

Christelle Dambreuse cessa de caresser sa hanche souple et pleine, et laissa échapper un soupir presque douloureux :

– Comme tu voudras, ma chérie... Mais tu es vraiment cruelle avec moi, tu sais !

Touchée, presque émue par l'espèce de ferveur amoureuse qui transparaissait dans la plainte de son amie, Alise lui effleura le cou et la nuque du bout des doigts, la faisant frissonner des pieds à la tête. Elle se dépêcha de retirer sa main, avant que la blonde ne prenne cet attouchement pour une invite à aller plus loin...

– Pour ce qui est de demain, évidemment que je suis d'accord ! reprit Christelle, avec un sourire légèrement « allumé ». Une petite soirée pompiers : tu m'as déjà vue ne pas être partante ? D'autant que la dernière m'a un peu frustrée, je ne te le cache pas : je mourais d'envie de m'octroyer une partie de « croque-chaton » avec cette petite pompière blonde qui m'excitait à mort. Et voilà que cette conne a préféré se tirer plutôt que de s'envoyer en l'air avec moi !

Alise ne fit aucune remarque. Aucune de ses « bonnes amies » n'avait appris la mort de Louise Humières. Il serait toujours temps de les mettre au courant lorsqu'il ne serait plus possible de faire autrement. C'est-à-dire quand elle se serait enfin décidée à communiquer leurs adresses au commandant Boris Corentin, qui les lui avait réclamées assez fermement. Pour l'instant, elle faisait traîner en longueur, histoire de gagner un peu de temps…

– Et… tu as du « matériel » neuf en vue ? demanda Christelle, l'œil de plus en plus égrillard. Je te préviens que s'il n'y a pas une fille pour moi, je vais te faire la gueule !

– On tâchera de te trouver ça, répondit Alise, avec un petit sourire amusé. Justement, je suis censée faire un petit reportage, cet après-midi, à la caserne où bosse Fabrice : c'est bien le diable si je ne repère pas quelqu'un à ton goût…

– Oh ! s'il te plaît, Alise, laisse-moi t'accompagner ! s'exclama Christelle, en battant des mains comme une gamine. Ça doit être tellement excitant !

– C'est que… je ne suis pas sûre que ce soit possible… hésita Alise, prise de court par la demande de son amie.

– Allez ! fais un effort ! la supplia Christelle, en en profitant pour se pelotonner contre elle. J'ai vraiment envie de venir avec toi… pour voir comment tu travailles !

– Pour te rincer l'œil et t'exciter à bon compte, oui ! fit Alise, avec une tendresse un peu goguenarde. Bon, allez, c'est d'accord : on n'aura qu'à dire que tu es mon assistante, et on nous fichera la paix !

– Chic ! Cela dit, il y a quand même une chose qui m'étonne : comment se fait-il que tu aies brusquement décidé d'organiser une nouvelle soirée, alors que la précédente ne date que d'une semaine ? C'est la première fois qu'on en fait deux aussi rapprochées, non ?

Alise se contenta de sourire, d'un air un peu mystérieux, et ne répondit pas. Elle n'avait pas envie d'expliquer à Christelle que c'était une sorte de défi qu'elle lançait à son mari, après l'entrevue orageuse qu'elle avait eue avec lui, quelques heures plus tôt, et surtout après les menaces inadmissibles qu'il avait proféré contre elle.

Elle allait lui montrer qui était le plus fort, entre eux deux. Et elle était certaine qu'Alberto allait plier, se soumettre. Comme il l'avait finalement toujours fait, pratiquement dès le premier jour de leur mariage. Et même avant ça, dès leur première rencontre, dans ce club privé du quartier des Champs-Élysées…

– Quand tu m'as téléphoné que tu arrivais, tout à l'heure, j'ai eu l'idée de te préparer une petite surprise, murmura soudain Christelle, en posant sa main sur la cuisse dénudée d'Alise, qui la laissa faire. Une surprise dont j'ai fait la connaissance tout à fait par hasard, avant-hier, au bureau de poste du village d'à côté…

Alise leva vers son amie des yeux devenus brusquement brillants de convoitise :

– Je parie qu'elle passe ses journées à maîtriser des incendies ou à juguler des dégâts des eaux, ta surprise… Je me trompe ?

Pour toute réponse, Christelle Dambreuse se pencha en avant et pressa un petit bouton dissimulé sous le cadre chromé qui soutenait le plateau en verre fumé de la table basse. Une sonnerie se fit entendre, quelque part dans la maison. Puis, presque aussitôt, des pas lourds se firent entendre derrière la porte du salon restée entrebâillée, un claquement de bottes sur le parquet centenaire.

Enfin, la porte s'ouvrit en grand, avec un très léger grincement de ses gonds, et Alise ne put retenir une brève exclamation de ravissement, devant le spectacle qui s'offrait à ses yeux.

Dans l'encadrement venait d'apparaître un jeune pompier d'environ 25 ans, grand, brun, bronzé, aux épaules carrées et au visage aussi énergique que sensuel, vêtu de son uniforme.

Ou, plus exactement : vêtu d'un demi-uniforme.

Car s'il portait effectivement la chemise bleu clair et la veste bleu marine réglementaires, plus son casque noir et brillant, à visière relevée, sur la tête, il était nu depuis la ceinture jusqu'à ses pieds bottés.

Et arborait, au bas de son ventre plat et musclé, jaillissant à l'horizontale d'une petite forêt de poils noirs et bouclés, une colonne noueuse, d'une taille impressionnante et d'une dureté telle qu'elle semblait avoir été sculptée dans une pierre couleur de chair.

– Je te présente François, murmura Christelle, le souffle court. Pompier dans les Yvelines…

Un petit sourire satisfait sur ses lèvres sensuelles, le dénommé François s'avança lentement, sa virilité oscillant lourdement devant lui, vers le canapé où les deux femmes, lèvres humides et entrouvertes, le dévoraient du regard.

– Je me suis dit que cette petite « mise en bouche » te ferait plaisir, et j'ai téléphoné à François qui, par chance, n'était pas de service ce matin. Il a accouru aussitôt. Je dois t'avouer que je me suis déjà offert un petit en-cas avec lui, avant que tu arrives, mais il est quasiment inépuisable. Il nous permettra d'attendre notre petite soirée de demain, ajouta Christelle, en saisissant les épaules d'Alise avec une sorte de fièvre.

– J'avoue que l'idée n'est pas pour me déplaire... souffla celle-ci, avec un frisson de plaisir anticipé, face à la virilité arrogante qui semblait la narguer de plus en plus, à mesure qu'elle approchait d'elle.

– Seulement, pour avoir le droit d'en profiter, il faut que tu m'accordes une faveur, souffla Christelle, en dévorant son amie des yeux, d'un ton presque suppliant : laisse-moi te déshabiller, avant de t'offrir à François ! Et, après, il te baisera autant que tu le voudras ! Alise, tu ne peux pas me refuser ce petit plaisir tellement innocent...

Innocent, innocent : c'était vite dit, compte tenu du désir qu'Alise pouvait lire dans les pupilles dilatées de son amie. Pourtant, elle se laissa aller dans ses bras et lui sourit gentiment, troublée malgré elle :

– Pourquoi pas, après tout ? Je te dois bien ça, il me semble... Mais n'essaie pas d'en profiter, hein !

Aussitôt, les deux mains impatientes de Christelle Dambreuse s'attaquèrent au clip fermant la robe de son amie. Puis, elles en écartèrent les deux pans, dévoilant le soutien-gorge à balconnets noir et le minislip assorti.

– Mon Dieu que tu es belle ! souffla la blonde, les yeux exorbités, en passant un petit bout de langue rose sur ses lèvres asséchées par le désir. Je t'en supplie, Alise : laisse-moi te caresser ! Juste un peu...

Soulevant le buste de son amie avec une force

étonnante, elle fit sauter l'agrafe du soutien-gorge et libéra les deux globes laiteux de ses seins, dont les pointes rose tendre étaient complètement érigées.

Alise faillit se rebiffer lorsque la bouche avide de Christelle se posa sur l'un de ses mamelons. Mais l'affolante décharge de jouissance que lui envoya sa langue agile et chaude fit tomber ses dernières barrières mentales.

« *Après tout*, songea-t-elle, l'esprit déjà bien embrumé, *je lui dois bien ça, et il n'y a aucune raison de se priver d'une nouvelle source de plaisir. Je ne vais tout de même pas mourir idiote !* »

Elle avança le bras droit et referma ses mains autour de la virilité palpitante du jeune pompier, qui s'était encore rapproché des deux femmes enlacées et se tenait à présent contre le bord du canapé, contemplant de tous ses yeux le spectacle torride qui lui était offert.

Au même moment, les doigts fébriles de Christelle, qui s'étaient insinués entre son slip et sa peau, d'une blancheur éblouissante, prirent possession de son intimité offerte, aussi ruisselante que le parc qui s'étendait au-delà des fenêtres du salon surchauffé.

Pour le coup, matée par cette caresse à la fois impérieuse et si douce, Alise céda complètement. Et, même, elle vint au-devant des désirs de son amie.

Abandonnant un instant le membre lourd de François, elle saisit la tête de Christelle à deux mains, pour la guider vers la forêt flamboyante de son intimité.

Sans se faire prier, la blonde plongea ses lèvres au centre de la corolle nacrée et odorante, en geignant de plaisir, tout en enfouissant l'une de ses mains entre ses propres cuisses.

Simultanément, le jeune pompier présenta sa verge lourde devant la bouche d'Alise. Qui l'engloutit lentement, centimètre par centimètre, jusqu'au fond de sa gorge.

Et tout en essayant d'imaginer les yeux ruisselants de haine que lui lancerait probablement son mari, s'il pouvait la voir ainsi, suçant le membre d'un jeune homme qu'elle ne connaissait pas la minute d'avant, tandis que sa meilleure amie fouillait de la langue son ventre en feu.

Car, à présent, Alise de Madridejos ne se contrôlait plus. Et elle en arrivait à désirer réellement le corps de Christelle, qui, à force de contorsions, était parvenue à se débarrasser de tous ses vêtements, sans cesser de dévorer la fleur affolante qui s'ouvrait sous ses coups de langue fiévreux.

D'un tempérament aussi peu passif que possible, Alise prit soudain les choses en main. Elle commença par repousser Christelle, puis se redressa, échevelée, le visage en feu, magnifique, irrésistible.

– Allonge-toi ! ordonna-t-elle à Christelle qui, subjuguée, obéit et se jeta sur le dos, jambes écartées, dans une pose de total abandon.

Alise se plaça à genoux devant elle, puis, cambrant les reins au maximum, se pencha vers son intimité impeccablement épilée, contemplant longuement cette fente rose et luisante, gonflée de désir.

Avant d'y plonger son visage, elle tourna la tête vers

le jeune pompier, qui entretenait d'une main négligente sa formidable érection :

– À toi, maintenant ! éructa-t-elle d'une voix à peine reconnaissable, tellement elle tremblait d'excitation. Baise-moi bien à fond ! Plante-moi ta queue dans la chatte, pendant que je bouffe le cul à cette petite salope !

Comme souvent, sous l'effet d'un désir intense, la distinguée marquise de Madridejos s'effaçait pour laisser reparaître la petite Muriel Coulon…

Lorsque les mains impatientes de François empoignèrent ses hanches, et que son sexe tendu pénétra son fourreau brûlant de toute sa longueur, Alise poussa un feulement rauque de femelle comblée, avant de plonger sa langue avide au cœur de la fournaise glabre et luisante de Christelle.

L'une des dernières pensées conscientes d'Alise, avant que le plaisir ne la submerge, fut qu'elle allait s'offrir l'un des plus beaux orgasmes de sa vie.

Pourtant, même au plus fort de son délire érotique, vigoureusement pilonnée par le jeune pompier et léchant avidement le sexe de sa meilleure amie, elle ne parvint jamais à chasser complètement de son esprit le regard dévorant de haine d'Alberto de Madridejos. Un regard qui la jugeait.

Et qui la condamnait, aussi.

CHAPITRE IX

– Pompier Hébert, à vous !

La voix du sergent-chef Moulin résonna désagréablement aux oreilles de Géraldine. Qui, depuis quatre jours, avait l'impression d'avoir plus sollicité tous les muscles de son corps que durant les vingt-six années qui avaient précédé.

Et, depuis ces quatre jours – trois passés au centre de formation de Villeneuve-Saint-Georges et le quatrième ici, à la caserne de Seine-Saint-Denis dont dépendait Fabrice Moulin, sa « cible » –, elle se maudissait pratiquement à chaque heure de l'idée saugrenue qu'elle avait eue de se faire passer pour un pompier bénévole.

« *Tout ça pour frimer aux yeux de Boris,* se répétait-elle sans arrêt. *Vraiment, ma pauvre fille, on n'est pas plus nunuche !* »

D'un autre point de vue, en dehors du côté éreintant des exercices physiques, de l'aspect stressant de tout ce qu'elle avait dû assimiler en trois jours, pour espérer faire un pompier à peu près crédible, il y avait beaucoup de positif, dans cette expérience inédite.

D'abord, elle avait réussi à ne pas éveiller les soupçons des vrais pompiers, à propos de sa formation, vraiment superficielle, malgré les bouchées doubles qu'elle avait mises pour devenir crédible rapidement.

Pour ça, mettant son orgueil de femme dans sa poche, Géraldine n'avait pas hésité à jouer les petites débutantes un peu paumées, avide de se mettre sous la protection des « vrais mecs ». Et ça avait assez bien fonctionné, avec la plupart des jeunes pompiers, pas fâchés de jouer les mâles protecteurs avec cette superbe fille.

Et puis, surtout, dès la première matinée à la caserne, elle avait « accroché » Fabrice Moulin. À certaines lueurs dans ses yeux, lorsqu'il s'adressait à elle, à une manière insistante de détailler les courbes de son corps, lorsqu'elle se livrait à l'un ou l'autre des exercices imposés, Géraldine avait compris qu'elle était loin de laisser le sergent-chef indifférent.

Et ça, pour la mission qui lui avait été confiée, c'était le point le plus important.

– Alors, pompier Hébert : on rêvasse ? l'interpella la voix tonnante de Fabrice Moulin. Vous croyez que, en cas de sinistre véritable, vous aurez le temps de penser à vos petits problèmes personnels ?

Furieuse de s'être laissé prendre en faute, Géraldine s'avança vers la grande échelle, sous les rires discrets et gentiment moqueurs de ses camarades.

Avant de poser son pied botté sur le premier barreau, elle vérifia une nouvelle fois qu'elle avait bien attaché le gros ceinturon de sa tenue de feu.

Puis, elle prit une profonde inspiration, tenta de faire le vide dans son cerveau et commença à grimper le long de l'immense échelle oblique de 24 mètres qui, à son extrémité supérieure, n'était appuyée à rien.

C'était l'un des deux exercices qui faisaient le plus flipper les jeunes recrues, lorsqu'elles ne l'avaient pas encore pratiqué. Et même, souvent, encore les fois suivantes…

Après avoir dépassé le premier tiers de l'échelle, à une dizaine de mètres du sol de la caserne, Géraldine ne put s'empêcher, malgré les conseils formels qu'on lui avait donnés, de tourner la tête pour regarder en bas.

– Vers le haut ! hurla aussitôt Fabrice Moulin. Vous ne devez regarder que votre objectif !

Géraldine ferma un instant les yeux, pour retrouver son calme. Elle avait eu le temps d'apercevoir ses camarades, tous nez en l'air, incroyablement petits, invraisemblablement bas par rapport à elle.

Elle, qui n'était même pas encore à la moitié de cette saloperie d'échelle…

Serrant les dents et soufflant un grand coup, Géraldine continua de grimper. Plus elle progressait vers le haut de l'échelle, plus sa respiration lui semblait courte et difficile, plus ses oreilles bourdonnaient.

Pour ne pas donner prise au vertige, elle s'efforçait de concentrer ses regards sur ce qui était le plus proche d'elle, et donc le plus rassurant : les barreaux horizontaux qui défilaient en sens inverse de sa propre progression.

Enfin, Géraldine parvint à l'extrémité de l'échelle vertigineuse. Les deux mains accrochées à l'ultime barreau, elle marqua une courte pause, avant d'entamer la dernière manœuvre, la plus flippante de toutes.

Elle prit une profonde inspiration, ferma les yeux une seconde. Puis, elle grimpa encore deux barreaux, de façon à ce que le plus haut se retrouve au niveau de son ceinturon. À présent, elle avait tout le bassin au-dessus de l'échelle. Si elle basculait en avant, elle irait s'écraser vingt-quatre mètres plus bas, au milieu de ses camarades en cercle.

Avec des gestes aussi précis et économes que possible, elle fixa à son ceinturon le gros mousqueton d'acier prolongé par une cordelette tressée. Cordelette qu'elle attacha, comme on le lui avait appris, au barreau supérieur.

C'était maintenant que tout se jouait.

Durant quelques secondes, sa vie allait dépendre de la manière dont elle venait de s'attacher.

Quelques cris d'encouragement fusèrent d'en bas; incroyablement lointains…

Géraldine ferma les yeux. Puis, elle lâcha ses deux mains et étendit les bras à l'horizontale.

Enfin, les mâchoires verrouillées à bloc, elle se laissa aller lentement vers l'arrière.

Durant une fraction de seconde, elle eut la sensation paniquante que l'air était en train de l'engloutir. De la saisir à bras-le-corps pour la précipiter en bas.

Elle faillit hurler de peur et se mordit la lèvre pratiquement au sang, pour ne pas le faire.

Enfin, au bout d'un temps qui lui parut incroyablement long, la cordelette se tendit, l'empêchant de basculer plus. Et Géraldine resta ainsi quelques secondes, le corps rejeté en arrière, ne touchant plus l'échelle que par la plante des pieds, et retenue par cette cordelette tressée qui, soudain, lui paraissait si fragile…

Des applaudissements parvinrent aux oreilles bourdonnantes de Géraldine, suspendue dans les airs. Elle comprit qu'elle avait accompli l'exercice avec succès et elle se dépêcha de reprendre une position plus normale.

Jamais elle n'aurait cru que le simple contact d'une échelle métallique pourrait se révéler aussi rassurant. Le cerveau à moitié vidé par l'émotion violente qu'elle venait de ressentir, Géraldine se dépêcha de redescendre.

Et elle ne se remit à respirer normalement que lorsque son pied droit se posa sur le sol goudronné de la cour de caserne.

– Bravo, Mademoiselle ! fit alors une voix féminine, chaude et profonde, dans son dos. Vous venez de démontrer avec brio que les femmes n'ont rien à envier aux hommes, en matière de courage…

Géraldine se retourna, et reçut un petit choc au creux de la poitrine, en découvrant les deux femmes qui se tenaient côte à côte, juste devant elle. Surtout l'une des deux.

La première était une blonde à cheveux courts, à la beauté un peu froide (mais pas inintéressante ! jugea Géraldine en connaisseuse…), au corps androgyne, qui l'enveloppait d'un regard un peu trop chaleureux pour être seulement motivé par l'intérêt professionnel. Avec une sûreté de jugement qu'elle avait appris à cultiver avec les années, Géraldine repéra tout de suite en elle une « sœur féminophile », comme elle disait parfois, pour désigner les autres lesbiennes.

Mais c'est surtout la deuxième femme qui avait retenu d'emblée son attention, et fait brusquement augmenter son rythme cardiaque.

Car, avec cette opulente chevelure rousse, ce regard bleu magnétique empli d'une sorte de fièvre et ce corps aux courbes voluptueuses, elle correspondait exactement au portrait que Boris Corentin lui avait tracé de la femme qui était d'après lui au centre de toute l'enquête.

Géraldine Hébert avait en face d'elle la fameuse Alise de Madridejos.

Elle portait un gros appareil photo autour du cou, muni d'un téléobjectif, et un autre, numérique celui-là, à la main droite. Et elle observait Géraldine d'un œil que celle-ci qualifia pour elle-même de « scrutateur ».

Elle avait l'impression que la rousse était en train de la jauger silencieusement.

– Je suis Alise de Madridejos, du magazine *Combattants du feu*, finit-elle par se présenter. Et voici mon assistante, Christelle Dambreuse. Nous avons été très impressionnées par votre courage, vraiment…

– Je vous remercie, c'était un simple entraînement… répondit modestement Géraldine, en observant mine de rien les deux femmes à la dérobée.

Il lui semblait que l'assistante aux cheveux blond cendré la couvait d'un regard de plus en plus dévorant, ne cherchant même pas à dissimuler le désir qui montait en elle. Désir que Géraldine trouvait plutôt flatteur et agréable, dans la mesure où cette femme possédait une beauté et une élégance naturelle qui ne la laissaient pas tout à fait indifférente...

– Je pense à un truc, Alise, fit soudain Christelle Dambreuse, d'une voix un peu rauque : ça serait peut-être bien qu'on fasse une petite interview de Mademoiselle... Mademoiselle...

– Hébert. Je m'appelle Géraldine Hébert...

– De Mademoiselle Hébert, reprit Christelle Dambreuse, avec un sourire caressant. Ça pourrait compléter le sujet qui est prévu. Si tu veux, je peux très bien m'en charger, pendant que tu fais tes photos...

Géraldine fut certaine de voir passer un petit éclair d'ironie dans le regard bleu magnétique d'Alise de Madridejos, qui répondit aussitôt :

– Mais bien sûr, ma chérie : c'est une excellente idée ! Demande-lui donc de te faire visiter la caserne : ça fera une interview en situation. Qu'en pensez-vous, Mademoiselle... Hébert ?

– Je ne demande pas mieux, s'empressa Géraldine, en coulant un regard langoureux à Christelle Dambreuse, dont les pommettes saillantes s'empourprèrent aussitôt.

Géraldine avait pris sa décision en un clin d'œil. Plus elle observait les deux femmes, plus elle était persuadée que Christelle Dambreuse n'était pas une simple « assistante », pour Alise de Madridejos. Il y avait autre chose entre elles. De plus intime...

De là à penser que la blonde faisait partie de ces femmes triées sur le volet que la rousse invitait périodiquement à ses petites « sauteries », il n'y avait qu'un pas, vite franchi par la bouillonnante Géraldine.

Et comme il était visible qu'elle ne laissait pas la blonde indifférente, elle avait décidé que c'était elle le « maillon faible » sur lequel elle devait faire porter tout son effort, si elle voulait pénétrer le petit cercle.

Elle laissa donc Christelle Dambreuse la prendre par le bras et l'entraîner à l'écart des autres pompiers, avec une hâte plutôt prometteuse.

Suivies par un regard aigu du sergent-chef Fabrice Moulin, qui n'échappa pas à Géraldine…

– Au fait, je vous appelle Mademoiselle Hébert depuis le début, mais vous êtes peut-être mariée ? attaqua Christelle, d'une voix tendre, presque minaudant.

– Pas du tout ! répondit Géraldine, en se laissant un peu aller contre le corps délié de son « intervieweuse ». Je vois assez d'hommes comme ça dans la journée, je n'ai pas envie d'en retrouver un de plus, le soir, dans mon lit !

– Vous avez bien raison ! approuva Christelle avec un peu trop de chaleur. Ils sont si décevants, pour la plupart, si peu excitants…

– Ça dépend quand même des circonstances, murmura Géraldine, en tournant vers elle son magnifique regard émeraude. Dans certaines circonstances, ils peuvent le devenir… excitants ! Vous ne trouvez pas ?

– Si, si, bien sûr… répondit Christelle Dambreuse, avec un manque évident d'enthousiasme, en s'écartant légèrement de Géraldine, qu'elle serrait de plus en plus près.

Après le froid, celle-ci décida de souffler le chaud, pour continuer de déstabiliser la blonde.

– Il n'empêche que vous avez raison, souffla-t-elle, de sa voix la plus caressante, en rapprochant au maximum sa bouche de l'oreille finement ourlée de Christelle : la plupart du temps, nous autres femmes, on est parfaitement capable de se passer de leurs services... et même dans le domaine où ils sont censés être indispensables !

Géraldine avait conscience d'avoir frappé très fort : ce qu'elle venait de dire équivalait pratiquement à une proposition explicitement sexuelle ! En tout cas, à une vraie affirmation de « féminophilie ». Ça passait où ça cassait...

Ça passa.

Au moment où elles arrivaient à hauteur de la porte entrouverte de l'un des hangars où étaient garés les véhicules d'intervention, Christelle saisit brusquement Géraldine par le bras et la poussa littéralement à l'intérieur du bâtiment très sombre.

Elles se retrouvèrent l'une en face de l'autre, très près, leurs seins se frôlant presque. Comme elles étaient de la même taille, Géraldine pouvait voir briller les yeux de Christelle juste en face des siens, et sentir son souffle parfumé à la menthe caresser doucement ses propres lèvres.

– Je ne sais pas ce que j'ai, mais je n'ai pas du tout la tête à faire une interview, moi, cet après-midi... murmura Christelle, d'une voix changée, plus rauque, en posant ses mains sur les hanches de Géraldine.

« *Tu m'étonnes !* songea celle-ci avec un petit sourire intérieur. *La seule chose que tu as envie de faire, c'est de me sauter dessus !* »

– On pourrait peut-être se retrouver ailleurs… à un autre moment ? suggéra Christelle Dambreuse, presque timidement. Ce soir, par exemple ?

Géraldine Hébert ne répondit pas tout de suite. Elle devait jouer serré, amener la blonde à s'engager plus que ça, à se découvrir davantage.

– Ah ! non, ce soir, c'est vraiment impossible… commença-t-elle, en prenant un ton désolé. Je suis consignée à la caserne… Le service, vous comprenez…

Et elle lança sa ligne un petit peu plus loin, en espérant que ça allait mordre :

– Et puis, vous savez, en ce moment, du fait que je suis encore en période de formation, on me tient la laisse très courte, si je puis dire. Ça m'étonnerait que le chef Moulin, mon supérieur direct, me laisse sortir avant un petit bout de temps…

– Et un de ces prochains soirs ? fit alors Christelle, en attirant Géraldine contre elle, jusqu'à ce que leurs deux poitrines se touchent carrément. Je suis invitée à une petite soirée que donne mon amie Alise très bientôt : je suis sûre que ton chef te laissera y aller, pour le coup…

Géraldine sentit les battements de son cœur s'accélérer. Et pas seulement à cause du contact très agréable du corps de Christelle contre le sien. Ni parce qu'elle venait de passer brusquement au tutoiement.

– Ah bon ? fit-elle innocemment. Et pourquoi est-ce qu'il me laisserait sortir ce soir-là précisément ?

– Tout simplement parce qu'il est invité aussi ! répondit triomphalement Christelle, en laissant carrément ses mains glisser jusque sur la croupe rebondie de Géraldine... qui se laissa caresser sans réagir. Seulement, je dois être complètement honnête et te prévenir d'une chose : il y aura des hommes et des femmes, qui sont tous de mœurs assez... libres, disons. Et même très libres ! Tu me comprends ?

– Je crois, oui, répondit Géraldine avec simplicité : ça veut dire que tous ces gens baisent ensemble, c'est ça ?

Christelle Dambreuse resta muette quelques secondes, prise de court par la franchise un peu brutale du langage de Géraldine. Finalement, elle eut un petit rire et, en pétrissant les fesses dures de son interlocutrice, elle roucoula :

– Quel vilain mot dans une aussi jolie bouche ! Mais, enfin, oui, c'est à peu près ça... Seulement, tu sais, chacun est libre d'aller avec qui il veut. Ainsi, par exemple, si toi et moi on veut rester toutes les deux, on pourra...

– Ah ! tant mieux ! fit Géraldine, avec un soulagement parfaitement joué. Je n'ai pas envie que des hommes que je ne connais pas cherchent à me mettre leur machin dans le... enfin, tu me comprends !

– Parfaitement bien, mon amour... murmura Christelle, avant d'écraser sa bouche fraîche et douce sur celle de Géraldine, en forçant du bout de la langue le barrage de ses lèvres.

Géraldine répondit à son baiser avec une passion qui n'était qu'à moitié feinte : Christelle était vraiment loin de lui déplaire... même si elle ne devait pas oublier qu'elle était en service commandé.

Christelle Dambreuse se détacha d'elle avec un effort

visible. Elle avait le visage en feu et ses yeux lançaient des éclairs de lubricité.

– Bon, je crois qu'il vaut mieux que je me sauve, maintenant, finit-elle par soupirer. Je vais parler discrètement au sergent-chef Moulin: ne t'inquiète pas pour notre petite soirée. J'ai tellement hâte…

Géraldine Hébert saisit la balle au bond:

– Moi aussi, j'ai hâte. Et c'est prévu pour quand, cette petite réunion entre amis… très libres?

Elle eut l'impression que le visage de Christelle Dambreuse se renfrognait légèrement. Comme si elle éprouvait un reste de méfiance envers elle. Ou alors, peut-être avait-elle reçu des consignes pour en dire le moins possible…

– Très bientôt, répondit-elle finalement, sur un ton moins chaleureux. Ne t'inquiète pas: tu seras tenue au courant. Allez, il faut vraiment que je me sauve!

Christelle avait déjà fait deux pas vers l'extérieur, lorsqu'elle s'immobilisa et pivota pour faire de nouveau face à Géraldine, demeurée immobile dans l'ombre.

Puis, comme poussée dans les reins par une attirance plus forte qu'elle, Christelle se précipita en avant, saisit la jeune policière entre ses bras et l'embrassa avec une fougue sauvage, presque violente, tandis que ses mains fébriles exploraient fiévreusement tout son corps.

– J'ai tellement envie de toi! gémit-elle, en enfouissant son visage dans le cou de Géraldine, qui lui caressait doucement les épaules et le dos, plus remuée par cette explosion de sensualité féminine qu'elle ne l'aurait elle-même souhaité. J'ai tellement envie de jouir avec toi!

Puis, sans ajouter un mot, elle pivota sur ses talons et s'enfuit littéralement. Comme si elle avait brusquement honte de s'être dévoilée à ce point.

Géraldine la laissa sortir du hangar, attendit une poignée de secondes avant d'en émerger à son tour.

À une cinquantaine de mètres, sur le côté du gymnase, elle vit Christelle Dambreuse en plein conciliabule avec le sergent-chef Fabrice Moulin.

Et Géraldine sut exactement ce qui allait se passer ensuite. Une fois Christelle partie, le sergent-chef allait la convoquer dans son bureau, sous un prétexte ou sous un autre, et, probablement, la « sonder » avant de lui confirmer son invitation à la prochaine « orgie pompière ».

Et Géraldine Hébert sut également que, malgré les exhortations à la prudence de Charlie Badolini, de Boris Corentin et d'Aimé Brichot, elle allait accepter cette invitation étrange.

Étrange et peut-être dangereuse.

CHAPITRE XII

Dans le silence quasi sépulcral de l'hôtel particulier, Boris Corentin avait l'impression que le parquet grinçait horriblement à chacun de ses pas.

Alors que, devant lui, la silhouette pourtant massive, mastoc, lourde, presque masculine, de la femme qui l'escortait, semblait glisser comme sur des coussins d'air, sans produire le moindre bruit en avançant.

Au bout d'un long couloir très sombre, entièrement lambrissé de bois foncé et luisant, Ramona Huercal ouvrit une porte plus large que les autres, et s'effaça le long du mur, pour laisser entrer Corentin.

Tout ça sans avoir prononcé le moindre mot depuis qu'elle l'avait accueilli, en haut du perron de pierre.

Dans moins d'une seconde maintenant, Boris allait se retrouver face à Alberto de Madridejos, le mari d'Alise. Et, contrairement à son habitude, il se sentait vaguement impressionné par cette rencontre.

Rencontre sans doute très intéressante, mais totalement inattendue.

Il devait être environ trois heures de l'après-midi, lorsque le téléphone avait sonné, sur son bureau des Affaires recommandées, où il se trouvait avec Aimé

Brichot. Déjà dans un état d'excitation assez avancé.

Depuis la veille au soir, par un coup de fil de Géraldine Hébert, ils avaient appris que leur jeune collègue avait été « tamponnée » par Christelle Dambreuse, dans un premier temps, puis par le sergent-chef Fabrice Moulin. Qui, comme Géraldine s'y attendait, lui avait fait un exposé plus complet sur les petites « sauteries » d'Alise de Madridejos.

Sauf que, malgré ses questions, il ne lui avait révélé ni le lieu ni le jour où aurait lieu la prochaine.

Depuis, pour parer à toute éventualité, Corentin et Brichot collectaient le maximum de renseignements sur les trois personnages en question. Sans trouver grand-chose de probant, malheureusement.

C'est alors que le téléphone de Boris avait sonné. Et qu'il avait eu la surprise de se retrouver en ligne avec Alberto de Madridejos en personne, lui demandant de passer le voir en fin d'après-midi, pour parler avec lui des agissements d'Alise, son épouse. Il n'avait pas voulu en dire plus par téléphone, malgré les questions pressantes qui lui avaient été faites. Et, depuis, Boris Corentin rongeait son frein.

Il le rongeait d'autant plus que, depuis, il cherchait à tout prix à joindre Géraldine Hébert, pour lui dire que de nouveaux développements étaient sans doute à prévoir et que, en attendant d'en savoir plus du côté du marquis espagnol, elle devait décliner toute invitation suspecte.

Sauf que le portable de la jeune femme était constamment sur messagerie...

Enfin, à un peu plus de six heures du soir, Boris Corentin pénétrait dans la grande pièce trop sombre où l'attendait Alberto de Madridejos.

D'abord, il ne vit rien, à cause de l'obscurité funèbre qui noyait le grand salon. Puis, il distingua une silhouette d'homme, immobile dans un fauteuil roulant.

Avec une lenteur de spectre, le personnage leva le bras droit et, de sa main décharnée, lui fit signe d'approcher.

Et c'est quand il ne fut plus qu'à environ trois mètres du fauteuil, que Corentin découvrit le marquis de Madridejos, la tête presque entièrement dissimulée sous sa cagoule de satin rouge sang.

Tout de suite, Boris fut frappé par l'intensité et la fixité du regard de l'infirme ; dans lequel, tout de même, il perçut aussi une immense lassitude.

Puis, dans un deuxième temps, il vit le trou béant de la bouche sans lèvres et, durant une seconde ou deux, il ne put s'empêcher de détourner le regard. Ce qui n'échappa pas à l'attention d'Alberto de Madridejos.

– Vous comprenez, Monsieur Corentin, pourquoi je prends la peine de revêtir cette cagoule, lorsque je reçois... dit-il d'une voix belle et profonde, qui contrastait atrocement avec la bouche par laquelle elle sortait. Mais je ne vous ai pas demandé de venir pour vous parler de mes petits soucis d'apparence... Je vous en prie, asseyez-vous.

– Je vous écoute, Monsieur le marquis... dit Corentin d'une voix posée, après avoir pris place dans le canapé de cuir noir qui faisait face au fauteuil de l'infirme.

Il y eut un assez long moment de silence, comme si

Alberto de Madridejos se recueillait, avant de se lancer. Enfin, il se mit à parler, sur un ton ferme, mais d'une voix qui, pourtant, tremblait très légèrement :

– Monsieur Corentin, sachez tout d'abord que, si j'ai souhaité avoir cet entretien avec vous, ce n'est pas pour assouvir je ne sais quelle vengeance contre mon épouse…

– Et pourquoi souhaiteriez-vous vous venger d'elle ? demanda Corentin du tac au tac.

Nouveau long silence de l'infirme, puis, sur un ton parfaitement égal :

– Je pourrais vouloir me venger d'elle parce qu'elle souille le nom qui est le mien depuis trop de temps, en se comportant comme une ignoble putain.

Boris Corentin sentit une sorte d'excitation le gagner. À mots à peine couverts, Alberto de Madridejos venait de reconnaître l'existence des petites orgies auxquelles se livrait sa femme ! Et il devait en savoir plus encore…

– Ce que je ne vois pas, c'est comment je pourrais vous être utile, au cas où vous chercheriez à vous venger… dit doucement Corentin, en essayant de ne pas regarder la bouche horrible de son interlocuteur.

– Tout simplement en l'arrêtant pour le meurtre de Mademoiselle Louise Humières, répondit Madridejos, d'un ton parfaitement naturel.

– C'est une accusation très grave, Monsieur le marquis… murmura Corentin, en s'efforçant de refréner son impatience d'aller de l'avant.

– Grave, mais fondée, commandant ! Je sais de façon certaine que mon épouse, avec la complicité de ce…

Fabrice Moulin, a tué cette pauvre fille, puis a fait transporter son corps par son acolyte jusqu'à chez elle, afin de détourner les soupçons éventuels.

– Et vous avez des preuves capables d'étayer cette accusation ? demanda Boris, qui commençait à flairer un coup fourré, mais sans parvenir à discerner lequel.

– J'ai des certitudes, cela revient au même !

– Pas devant la Justice, Monsieur le marquis, pas devant la justice ! D'autre part, j'aimerais savoir pour quelle raison, en admettant que vous disiez la vérité, vous vous êtes brusquement décidé à livrer votre épouse à la police…

– Parce que je n'en peux plus de la voir salir mon nom, Monsieur Corentin ! répondit Madridejos, dans une sorte de grondement de rage. Et pour qu'il soit entièrement lavé, il faut qu'elle paie pour ce qu'elle a fait ! Que le monde comprenne que ces actes dégradants n'ont pas été commis par une Madridejos de sang, mais par une simple… comment dites-vous en français ? Ah ! oui : une « pièce rapportée » !

On y était… Les choses s'éclaircissaient dans l'esprit de Corentin : Alberto de Madridejos voulait faire d'une pierre deux coups : en livrant Alise à la police, il se débarrassait d'elle et lavait son sacro-saint honneur dans la foulée. Pourtant, l'impression que l'infirme était en train de le manipuler subsistait dans son esprit…

Boris décida d'employer un autre angle d'attaque.

– Monsieur de Madridejos, savez-vous qui est Anthony Quittard ?

Les yeux se mirent à flamboyer sous la cagoule, et

Alberto répondit d'une voix très sèche, coupante :

– Je ne sais pas de qui vous me parlez ! Et qu'est-ce que ce jeune homme a à voir avec ma femme ?

Corentin engrangea silencieusement le point qu'il venait de marquer. Son interlocuteur venait de parler d'un « jeune » homme. S'il savait qu'Anthony Quittard était jeune, *ça signifiait qu'il le connaissait.*

Mais pour quelle raison cherchait-il à le cacher ? Quel rapport pouvait-il y avoir entre cet infirme reclus, ne voyant jamais personne, et l'égorgement dont avait été victime le jeune pompier ? Corentin se garda ce problème pour plus tard.

– Monsieur de Madridejos, reprit-il, vous comprenez bien que, suite à ce que vous venez de me dire, je vais devoir interroger longuement votre épouse. Et lui dire d'où viennent les accusations portées contre elle…

– Faites simplement votre devoir, commandant, je ne demande rien d'autre, se contenta de répondre froidement le marquis.

– Savez-vous si Madame de Madridejos est ici, en ce moment ?

– Je pense que non, répondit l'infirme. À moins qu'elle soit rentrée sans que je m'en aperçoive. Vous n'avez qu'à regarder si sa Jaguar est dans la cour… Je l'ai vue partir, il y a environ une heure, avec son amie Christelle Dambreuse, et…

– Vous avez dit Christelle Dambreuse ? l'interrompit Corentin, aussitôt en état d'alerte.

C'était la femme blonde qui, d'après elle, avait établi le premier contact avec Géraldine Hébert, à la caserne, la veille. Si Alise de Madridejos et elle étaient parties ensemble, cela pouvait signifier une chose assez inquiétante.

Que la « sauterie » à laquelle Géraldine avait été conviée était finalement pour ce soir.

Ce qui rendait encore plus inquiétant le fait que le portable de la jeune femme soit constamment sur messagerie depuis le milieu de l'après-midi.

– Je suppose que vous ne savez pas où votre femme et son amie ont pu se rendre ? demanda Boris.

L'Espagnol eut un petit rire sec et douloureux, avant de répondre :

– Non, je ne sais pas où, mais je me doute bien pour quoi faire ! En fin de matinée, ma gouvernante – la personne qui vous a accompagné jusqu'ici – a surpris une conversation téléphonique entre ma femme et ce Fabrice Moulin, dans laquelle elle lui précisait que l'heure du rendez-vous était confirmée, « au même endroit que d'habitude ».

– Et, bien entendu, vous ignorez où se trouve cet endroit ? demanda Corentin, sans trop d'espoir.

– Évidemment, je l'ignore, confirma l'infirme, mais en détournant son regard durant un bref instant, ce qui ne fit que renforcer l'impression persistante qu'avait Boris d'être mené en bateau.

D'être utilisé, comme pièce d'un jeu dont on lui cacherait soigneusement les règles.

Il se leva brusquement, faisant légèrement tressaillir l'infirme dans son fauteuil :

– Monsieur de Madridejos, je vous remercie pour ce

que vous avez bien voulu me dire… en espérant que vous ne m'avez pas caché volontairement des choses importantes !

– Pourquoi l'aurais-je fait, commandant Corentin ? demanda Alberto d'une voix parfaitement calme.

Boris plongea ses yeux dans les siens et articula posément :

– Je ne sais pas, Monsieur le marquis. Je ne le sais pas… encore !

En reprenant dans l'autre sens le long couloir sombre qui desservait le salon, il aperçut, dans l'ombre, la silhouette massive et immobile de Ramona Huercal, la gouvernante du maître des lieux.

Qui, tant que Boris n'eut pas disparu dans l'escalier, le maintint sous le feu de son regard noir. Regard tellement intense et fixe, qu'il avait presque l'impression d'en sentir la brûlure entre ses deux omoplates.

Enfin, lorsqu'elle eut entendu claquer la porte du hall, l'Espagnole se dirigea vers les appartements de son maître, de sa démarche lourde.

Elle traversa le grand salon et vint se planter devant lui, bras ballants, le visage inexpressif, à l'exception du regard d'adoration éperdue dont elle enveloppait son « bébé ».

– Eh bien ! Ramona, soupira Alberto, d'une voix infiniment lasse, nous voilà donc au dernier acte. Tu sais que tu peux encore refuser d'accomplir ce que je t'ai demandé. Je comprendrais très bien que tu me dises non…

Par l'une des deux fenêtres de la grande pièce,

entrouverte, on percevait le clapotis sonore de l'eau dans les gouttières en zinc et celui, plus régulier, que la pluie produisait en cinglant les pavés inégaux dc la cour.

– Alberto, je ne t'ai jamais dit non, murmura finalement l'Espagnole, après un assez long silence, d'une voix qui irradiait la tendresse la plus passionnée, l'amour le plus inconditionnel. Je ferai ce que tu as demandé, ne sois pas inquiet... Je te sauverai de toute cette boue... Parce que je t'aime ! Autant que je t'ai toujours aimé...

Alors, joignant pour ainsi dire le geste à la parole, Ramona Huercal souleva lentement la cagoule de satin écarlate et la déposa sur les genoux de l'infirme.

Et elle contempla son pauvre visage martyrisé, ce visage qui n'était plus qu'une plaie racornie, telle une lave refroidie et figée.

Avec le même amour débordant au fond des yeux.

Puis, elle prit doucement sa tête entre ses mains et l'appuya sur son abondante poitrine, caressant de la paume son crâne sans cheveux.

D'une voix incroyablement douce, elle se mit à psalmodier une sorte de berceuse mélancolique, en espagnol.

Tandis que de grosses larmes silencieuses jaillissaient des yeux d'Alberto de Madridejos.

Chapitre XIII

Aurore fit lentement descendre sa culotte de satin pailleté d'argent, le long de ses cuisses fuselées, couleur de pain d'épice au miel. Sous les applaudissements chaleureux de ses « chères amies », réunies autour de la camionnette rouge vif sur laquelle elle s'était juchée.

Et dont le gyrophare allumé et tournoyant envoyait des zébrures de lumière bleue, à intervalles réguliers, sur sa poitrine et son ventre nus.

Tout autour du petit groupe de femmes, de jeunes pompiers se tenaient immobiles, en demi-cercle, vêtus de leur tenue de feu, les yeux exorbités par le spectacle qui leur était généreusement offert.

Avec un sourire trouble, la tête rejetée en arrière, la superbe métisse, fléchissant les genoux, fit lentement descendre son pubis couleur d'encre, soigneusement taillé, vers le visage congestionné de Christelle Dambreuse.

Laquelle serrait convulsivement contre elle le corps souple de Géraldine Hébert.

La jeune policière se laissait faire, mais sans en rajouter. Elle avait l'impression de maîtriser parfaitement la situation, et espérait bien, à la faveur de cette soirée d'orgie, faire parler l'une ou l'autre des amies d'Alise de Madridejos, ou l'un des jeunes pompiers, concernant Louise Humières. De cette manière, elle pensait pouvoir coincer Alise dans le filet de ses contradictions, la pousser aux aveux et l'amener sur un plateau à Boris Corentin.

La seule chose qui l'ennuyait un peu, justement, c'était ne n'avoir pas pu joindre Boris, pour lui dire où et quand avait lieu la réunion. Car, dès le début, Alise de Madridejos avait décrété qu'elle confisquait tous les téléphones portables, afin que rien ne vienne perturber la soirée.

Du coup, Géraldine Hébert avait l'impression de se retrouver vraiment seule…

Autour de la camionnette, transformée par Aurore en piste d'exhibition improvisée, les pompiers s'étaient mis à s'affairer sur leurs véhicules, comme s'ils allaient devoir réellement combattre le feu.

Et, en un sens, se disait Géraldine, c'était bien le cas : ils étaient là pour éteindre les brasiers que ces grandes bourgeoises friquées avaient quelque part…

Pour ce qui la concernait, la jeune femme n'avait aucunement l'intention de se laisser approcher par aucun de ses mâles déjà en rut. Et, pour ça, elle comptait sur Christelle Dambreuse, sur la passion quasi exclusive qu'elle paraissait éprouver pour elle : sa jalousie allait lui servir de barrage…

– Il faut aller les soutenir… décréta soudain la blonde Marie-Caroline, en désignant deux jeunes pompiers aussi bruns et hâlés l'un que l'autre, occupés à décrocher l'échelle latérale d'un véhicule « Premier secours », et à en dérouler la lance à dévidoir tournant fixée à l'arrière.

– Je suis d'accord, opina aussitôt la brune Angelina, avec la pointe d'accent espagnol dont elle n'avait jamais pu se défaire, la voix rendue un peu pâteuse par tout le champagne qu'elle avait déjà ingurgité.

Géraldine Hébert vit les deux femmes s'éloigner de la camionnette, pour venir s'agenouiller, avec un ensemble parfait, devant les deux pompiers en pleine action. Leurs doigts impeccablement manucurés s'attaquèrent aussitôt aux fermetures de leurs pantalons réglementaires.

– La première qui fait jouir le sien aura le droit de se faire baiser par les deux ! proposa soudain l'Espagnole, sourire égrillard aux lèvres, en amenant à l'air libre un membre lourd et palpitant, déjà en pleine érection.

– Tenu ! répliqua Marie-Caroline, avant d'engloutir entre ses lèvres rouges et humides, le sexe raide et gonflé de l'autre jeune pompier.

Toujours appuyée à la camionnette, sur le capot de laquelle Aurore, la métisse, continuait ses contorsions de plus en plus obscènes, Géraldine Hébert laissait complaisamment les doigts nerveux de Christelle Dambreuse explorer le profond sillon de sa croupe ronde, et sa bouche parcourir son cou et sa nuque de petites morsures qui étaient loin de la laisser de glace.

Pas à dire : elle savait y faire avec les filles, la grande bourgeoise…

De plus, sans doute parce qu'elle n'était pas dans son environnement naturel, Géraldine avait l'impression troublante d'avoir échoué sur une sorte d'île, tout entière vouée au plaisir et à la débauche, complètement inaccessible au commun des mortels. Un plaisir qui, sous les caresses de plus en plus appuyées et profondes de Christelle Dambreuse, l'envahissait irrésistiblement.

Soudain, n'y tenant plus, Géraldine attira Christelle par les épaules et plaqua son corps bouillonnant de désir contre elle, posant ses deux mains sur sa croupe menue mais très ferme. Durant un temps qui lui parut très court, une vague de sensualité s'empara de son corps et de son esprit, lui faisant tout oublier de la mission pour laquelle elle se trouvait là.

Avant d'échanger un baiser passionné, presque violent, avec Christelle, Géraldine eut, durant un bref instant, l'impression de voir, du coin de l'œil, une silhouette massive surgir furtivement du couloir avant de se fondre dans la pénombre de la cour.

Une silhouette qui n'était ni celle de l'une des amies d'Alise, ni celle d'un pompier.

Mais, empoignée par le désir que les caresses et les baisers de Christelle faisaient couler dans ses veines, elle n'y prêta aucune attention et l'oublia aussitôt.

En quoi elle eut gravement tort.

*

* *

Dans sa hâte de quitter la caserne des pompiers, Boris Corentin faillit accélérer avant que la barrière n'en soit totalement levée par le planton.

Il n'aurait plus manqué que ça…

Il venait d'avoir un court entretien avec le capitaine Jean-Louis Ferragio, le seul responsable des pompiers à être au courant de l'enquête que la Brigade mondaine menait sur certains de ses subordonnés.

Et notamment sur le sergent-chef Fabrice Moulin. Le supérieur hiérarchique direct, depuis deux jours, de Géraldine Hébert.

La capitaine Ferragio s'était montré plutôt coopératif, allant même jusqu'à mener sa propre petite enquête, par téléphone, depuis son bureau, pour pouvoir répondre aux questions que se posait, et que lui posait Boris Corentin.

Finalement, ce qu'il lui avait appris n'avait fait que confirmer les appréhensions de Boris.

– Le sergent-chef Moulin a quitté la caserne peu après six heures, lui avait appris le capitaine. Et il est parti accompagné de Mademoiselle Hébert. On les a vus monter ensemble dans la voiture de Moulin. Ce qui, évidemment, n'a semblé bizarre à personne : on est un peu loin de tout, ici, et ceux qui sont motorisés rendent volontiers ce genre de service à leurs collègues qui ne le sont pas.

Boris Corentin avait ensuite demandé à Ferragio si, sous un prétexte quelconque, il pouvait joindre le sergent-chef. Ce que le capitaine avait fait aussitôt. Mais Fabrice Moulin ne s'était révélé joignable ni chez lui ni sur son portable…

– Si j'ai du nouveau, je vous en avertis immédiatement, avait promis le patron des pompiers, avant que Corentin ne quitte son bureau.

À présent, il roulait sur l'immense avenue rectiligne séparant Noisy-le-Sec de Bobigny, en direction de la porte de Pantin, le long des voies de chemin de fer filant vers la gare de l'Est. Sous un ciel où s'amoncelaient à nouveau de gros nuages sombres et épais.

En quittant le capitaine Ferragio, il avait téléphoné à l'hôtel particulier des Madridejos, afin de savoir si, par hasard, Alise ne serait pas rentrée. Il n'y croyait pas beaucoup, mais il ne fallait rien négliger…

Il avait été surpris, désagréablement surpris, que personne ne décroche. Comme si, brusquement, la grande maison de la rue Surcouf avait été désertée de tous ses occupants.

Y compris du marquis paralysé qui, de son propre aveu, ne quittait jamais ses appartements…

Corentin allait s'embarquer sur le boulevard périphérique, lorsque son portable se mit à sonner. Il identifia tout de suite la voix d'Aimé Brichot, qui était resté au quai des Orfèvres pour continuer de collecter le maximum d'informations sur les principaux protagonistes de l'affaire.

Au ton de voix de son coéquipier, un peu essoufflé, Boris comprit qu'il se passait quelque chose.

– Boris ? Je crois que je tiens un truc, annonça d'emblée Aimé Brichot. Figure-toi que, il y a un peu moins de deux ans, Alise de Madriedejos a acquis un bien immobilier, à la limite de Saint-Denis et de Saint-Ouen, qu'elle a payé cash, sur un compte personnel auquel son mari n'a pas accès.

– Euh… oui, bon… et alors ? demanda Corentin,

occupé à conduite d'une main dans la circulation assez névrotique du Périphérique.

– Alors, tu ne devineras jamais de quel genre de propriété il s'agit ? répondit Brichot, dont le suspense avait toujours été le péché mignon.

– Non, Mémé, je ne devinerai pas, car je n'ai pas envie d'essayer ! fit Corentin, d'un ton franchement impatient, limite excédé.

– Il s'agit d'*une caserne de pompiers*, Boris ! s'exclama Brichot, tout excité. Une ancienne caserne désaffectée, pour être précis, qu'elle a racheté pour – je cite – « en faire un local à usage privé ». Est-ce que tu penses comme moi, Boris ?

– Si tu penses que les petites orgies de cette chère Alise pourraient bien avoir lieu là-bas, alors la réponse est oui ! répondit Corentin. Et si tu penses qu'on devrait s'y retrouver le plus rapidement possible, tu as juste à me donner l'adresse exacte ! J'y serai dans un gros quart d'heure…

*

* *

Fabrice Moulin franchit la grande grille coulissante à demi ouverte, et arrêta sa voiture dans la partie gauche de la caserne désaffectée, invisible depuis la rue Marcel-Sembat : c'était inutile d'attirer trop l'attention…

Il se sentait furieux d'avoir dû repasser chez lui, afin d'assurer la jonction entre le départ de la baby-sitter et le retour de Josy, sa femme, qui avait choisi de prendre un rendez-vous tardif chez son coiffeur *justement ce soir*.

Avec tout ça, il allait rater la moitié des réjouissances, à tous les coups…

Le sergent-chef s'engagea dans la zone sombre et étroite, située entre l'ancien hangar à véhicules d'intervention et ce qui avait été le bâtiment administratif de la caserne. Les deux étaient séparés par une haie de troènes, qui avaient proliféré en toute liberté et formaient à présent une sorte de buisson anarchique et presque impénétrable.

Fabrice Moulin allait sortir de cette zone sombre, lorsqu'il perçut du mouvement, précisément derrière les troènes en question, juste sur sa droite.

Il poussa un « Eh ! » de surprise et fit un bond en arrière, en voyant surgir devant lui une silhouette massive et sombre. Mais, la seconde suivante, il se détendit d'un coup, en identifiant l'arrivant :

– Ah ! c'est vous ! Vous pouvez vous vanter de m'avoir foutu une vraie trouille ! Mais qu'est-ce que vous fichez là, d'abord ? Et comment est-ce que vous connaissez cet endroit ? Si vous croyez qu'Alise va…

La suite se perdit dans un gargouillis étrange qui le surprit lui-même, accompagné par une sensation de froid intense, au niveau du cou.

Instinctivement, Fabrice Moulin y porta la main. Tout d'abord, il ne comprit pas d'où venait tout ce liquide chaud et vaguement poisseux qui jaillissait de sa gorge.

Puis, il sentit ses jambes s'amollir d'un coup, et il tomba à genoux sur le macadam, envahi de petites touffes d'herbes folles, cependant qu'une grande faiblesse s'emparait rapidement de tout son corps.

Il leva la tête et vit alors briller la lame dans la main de son agresseur.

Et, là, il comprit.

Qu'on venait de lui trancher la gorge, et qu'il était déjà en train de mourir.

Au moment où cette pensée se formait dans le cerveau de Fabrice Moulin, il sentit toute panique le quitter brusquement et un grand bien-être l'envahir.

Il se laissa glisser à terre et passa de vie à trépas, avec un étrange petit sourire aux lèvres…

*
* *

Au moment où Boris Corentin arrêtait sa 307 de service à quelques mètres de l'entrée de la caserne désaffectée, il vit Aimé Brichot se détacher de l'ombre du mur et venir vers lui à pas rapides.

– Ça fait longtemps que t'es là ? lui demanda Boris.

– Deux minutes : j'ai pris un taxi pour aller plus vite. Bon, qu'est-ce qu'on fait ? Tu es au courant qu'on a dépassé l'heure légale pour une intervention et que, *a priori*, les gens qui sont probablement là-dedans, ne font rien d'illégal, dans la mesure où ils sont entre adultes consentants ?

– Je sais, Mémé, soupira Corentin, en descendant de voiture. Mon plan vaut ce qu'il vaut, mais il a le mérite d'exister. Voici : on rentre sans s'annoncer et on déboule comme des fleurs au milieu de la partouze, qui doit déjà avoir commencé, je suppose. Là, on profite de la panique que l'arrivée de deux flics ne va pas manquer de susciter pour faire avouer à l'une ou l'autre de ces dames qu'il y a bien eu le même type de réunion il y a huit jours et que Louise Humières y était présente. Comme ça, on prend Alise de Madridejos en flagrant délit de mensonge et, donc, elle se retrouve en état d'infériorité par rapport à nous.

– Et après ? demanda Aimé Brichot, en s'éloignant soudain de sa flèche pour se diriger vers le massif de troènes, juste sur sa gauche.

– Après, on improvisera au gré des circonstances. Mais… je peux savoir où tu vas, là ?

– J'ai horreur de me présenter chez des inconnus avec la vessie pleine, répondit Brichot qui, toujours très pudique, détestait également se soulager devant quelqu'un, fût-il son meilleur ami.

Corentin le vit disparaître derrière le bosquet touffu. Immédiatement après, il entendit un « merde ! » sonore, suivi d'un froissement de branchages.

– Boris, viens vite ! J'ai l'impression que ton plan n'est plus de saison…

Corentin contourna à son tour le bosquet. Et découvrit, derrière, le cadavre de Fabrice Moulin, baignant dans une mare de sang que la terre buvait au fur et à mesure.

La gorge tranchée d'une oreille à l'autre.

– Il vient juste d'être tué, fit Boris, après s'être penché vers le corps inerte.

– Et de la même façon qu'Anthony Quittard… souffla Aimé Brichot, en écho.

– Oui, on dirait que les choses se précipitent, siffla

Corentin les dents serrées. Et Géraldine qui est probablement là-dedans ! Viens, Mémé, plus une seconde à perdre ! Au diable les précautions…

Les deux policiers en étaient à se demander dans quelle direction ils devaient diriger leurs pas, vu qu'aucune fenêtre n'était éclairée, lorsqu'un hurlement strident de femme déchira l'air, semblant provenir de derrière l'ancien bâtiment administratif.

Tout en extirpant son revolver RMR Spécial Police de sa ceinture, Boris Corentin partit en sprint, fonçant droit vers le petit couloir qui semblait traverser le bâtiment de part en part, suivi par Aimé Brichot, avec un léger temps de retard sur sa flèche.

– Mémé ! appelle des renforts immédiatement ! cria Boris, avant de disparaître à l'intérieur du bâtiment, stoppant net la course de son coéquipier.

À l'autre bout du couloir sombre, Corentin déboucha à une extrémité de la cour intérieure, éclairée par quatre projecteurs. D'un coup d'œil, il enregistra toute la scène, dont l'essentiel se tenait à l'autre bout de la cour, sous le préau, aménagé comme une sorte de scène théâtre, à ventre ouvert sur un public imaginaire.

Il y avait là cinq femmes et sept hommes. Les femmes étaient pratiquement nues, alors que les hommes avaient encore leurs habits de sapeurs-pompiers. Ou, tout du moins, certaines parties de ces habits.

Tous semblaient figés dans une sorte de stupeur terrorisée. Et Corentin comprit tout de suite pourquoi, en découvrant, sur l'un des canapés, le corps ensanglanté d'Alise de Madridejos, qui tentait de retenir de ses deux mains la masse d'entrailles qui sortait de son ventre ouvert, depuis le haut du pubis jusqu'au nombril.

À côté de la jeune femme en train d'agoniser, il vit la stature massive de Ramona Huercal, la gouvernante du marquis de Madridejos, tenant encore dans sa main droite le couteau à la lame dégoulinante de sang dont elle venait de se servir.

– Police ! Que plus personne ne fasse un geste ! hurla-t-il, en se précipitant vers le préau.

Mais, au moment où il s'élançait, il vit Géraldine Hébert jaillir de derrière le camion de pompier où elle s'était cachée et bondir sur l'Espagnole, dans le but manifeste de lui arracher son arme.

Boris Corentin ouvrit la bouche pour lui crier de s'écarter, de ne pas prendre ce risque.

Trop tard.

Entendant du bruit sur sa gauche, Ramona Huercal venait de tourner la tête dans la direction de Géraldine Hébert. Au moment précis où celle-ci s'abattait sur elle.

Solidement campée sur ses deux grosses jambes légèrement écartées, la gouvernante reçut le choc sans vaciller d'un millimètre. En même temps, elle leva son bras droit, pour empêcher son assaillante de se saisir de son couteau.

Puis, avec une vivacité incroyable pour une femme de son âge et de sa corpulence, elle saisit Géraldine par le cou, lui fit faire un demi-tour sur elle-même, la plaqua contre son corps massif et lui appliqua la lame sanglante de son arme sur la trachée-artère.

– Lâchez votre arme, *Señor* Corentin ! ordonna alors

la gouvernante, d'une voix forte mais parfaitement maîtresse d'elle-même. Sinon, je n'hésiterai pas à trancher la gorge de la *chica*. Croyez-moi, je le ferai !

Boris Corentin savait que Ramona Huercal ne bluffait pas. Elle venait d'égorger une personne, Fabrice Moulin, puis d'en éventrer une autre, Alise de Madridejos, qui finissait d'agoniser sur le canapé, et avait probablement aussi assassiné Anthony Quittard, quelques jours auparavant : elle n'avait plus rien à perdre.

La rage au cœur, Corentin laissa tomber son arme à terre. En faisant des prières pour qu'Aimé Brichot, resté en arrière pour appeler les renforts, ne prenne pas d'initiative inconsidérée en surgissant dans la cour.

– Très bien ! approuva Ramona Huercal, toujours aussi calme, en apparence.

Elle tourna la tête vers Christelle Dambreuse, qui tremblait de tout son corps intégralement nu, les deux mains agrippées au dossier d'un fauteuil :

– Vous ! allez ramasser le revolver et apportez-le-moi. Et sans faire de bêtise, *mujer* ! Allez, *pronto* !

Sans se soucier de tous les regards braqués sur sa nudité, Christelle Dambreuse s'empressa d'obéir.

– Surtout ne faites rien d'autre que ce qu'elle vous a dit ! marmonna Corentin, lorsque la blonde fut près d'elle. Et écartez-vous dès que vous lui aurez remis mon arme…

Dès que Ramona Huercal eut le revolver en main, elle lâcha son couteau et pointa le canon de l'arme à feu sur la gorge de Géraldine, toujours plaquée contre elle.

Puis, à reculons, elle se dirigea vers la petite porte qui, au fond du préau, donnait directement sur l'arrière de l'ancien bâtiment administratif.

Au moment où les deux femmes disparurent, Aimé Brichot fit son apparition derrière Boris Corentin, son arme de service à la main.

– Mémé ! donne-moi ton revolver et file à l'entrée de la caserne ! dit très vite Corentin, la voix tendue. La gouvernante est entrée dans le bâtiment avec mon arme et elle a Géraldine en otage ! Il faut absolument que tu empêches les renforts de faire une connerie, quand ils arriveront…

Sans une parole ou une question inutiles, Aimé Brichot remit son arme à sa flèche et fit demi-tour vers la grande grille d'entrée, coudes au corps.

Avant de s'engouffrer dans le bâtiment, Corentin balaya du regard toutes les personnes présentes :

– Occupez-vous d'elle ! ordonna-t-il aux pompiers présents, en désignant Alise de Madridejos, dont le corps était agité de soubresauts de plus en plus faibles. Quant aux femmes, interdiction absolue de bouger d'ici !

Puis, il s'engouffra dans le bâtiment. Il fut pris à la gorge par une odeur épouvantable, mélange d'urine, de charogne, d'excréments ; et d'autres, impossibles à identifier.

Corentin perçut un bruit de pas, qu'il localisa tout de suite comme venant d'au-dessus de lui. Il se précipita vers l'escalier de béton qui grimpait vers les quatre étages supérieurs.

Au moment où il l'atteignait, un coup de feu fut tiré d'en haut, et il entendit la balle claquer à son oreille, tellement elle était passée près[1]. Il se rejeta contre le mur maculé de « tags » divers et variés.

– Ne vous avisez pas de monter, *Señor* Corentin ! cria la voix de Ramona Huercal. Sinon…

Elle n'eut pas besoin de préciser sa menace. Boris la savait prête à tout, et il ne voulait pas faire courir le moindre risque supplémentaire à Géraldine.

Il s'efforça au calme pour examiner la question qui lui taraudait l'esprit.

Qu'est-ce que Ramona Huercal comptait trouver dans les étages du vieux bâtiment ? Pourquoi avait-elle choisi précisément le chemin qui lui interdisait toute fuite ? Qu'avait-elle en tête ?

Et, en attendant de trouver la réponse, qu'est-ce qu'il pouvait faire, *lui*, pour tirer sa jeune collègue des griffes de la gouvernante ?

Il en était là de ses réflexions, lorsqu'un bruit de pas se rapprochant lui fit lever la tête.

Il fut stupéfait de voir apparaître, au haut de l'escalier encombré de gravats divers, sa jeune collègue Hébert… seule. Il se précipita vers elle :

– Géraldine ! mais qu'est-ce qui se passe, bon sang ? Comment as-tu fait pour lui échapper ?

La jeune femme se blottit dans ses bras, comme une petite fille qui a besoin d'être consolée, et Boris referma ses bras autour de ses épaules. En s'efforçant de ne pas trop remarquer que ses seins lourds s'écrasaient contre sa poitrine…

1. Contrairement à ce qu'on croit souvent, une balle frôlant l'oreille ne siffle pas : elle claque…

Au bout de quelques secondes de cette étroite étreinte, qui leur parut très longue à tous les deux, Géraldine s'écarta de Boris et leva vers lui un visage grave.

– Je ne lui ai pas échappé, dit-elle doucement. C'est elle qui m'a dit de partir. Quand on est arrivé au dernier étage, près de la porte donnant sur la trappe d'accès au toit, elle a vidé ton revolver de ses balles et elle me l'a donné. Tiens, le voilà… Puis, elle m'a dit de m'en aller, et elle a refermé la porte derrière elle. En me demandant de la laisser terminer ce qu'elle avait à faire. J'avoue que je n'ai pas bien compris ce que…

– Bon sang ! explosa Boris, je comprends, moi ! Elle a l'intention de se suicider ! Viens vite !

Au moment où ils débouchaient sous le préau, une clameur sourde les accueillit. Ils virent tous les pompiers dans la cour, le nez en l'air.

Qui regardaient, quatre étages plus haut, la silhouette massive de Ramona Huercal, immobile à l'extrême bord du toit.

– Il faut faire quelque chose ! souffla Géraldine, en la découvrant à son tour. Mais quoi ? Si on remonte et qu'on enfonce la porte, elle sautera dans le vide…

– Mais peut-être pas si on l'affronte… de face ! gronda Corentin, en fonçant vers le groupe de pompiers. La grande échelle ! Que celui qui sait la manier la dresse et la dirige vers le toit !

Les combattants du feu, hyperentraînés, comprirent tout de suite de quoi il s'agissait. L'échelier se précipita vers l'engin et s'installa aux commandes.

Aussitôt, avec un ronronnement régulier, l'immense échelle métallique commença à se déployer, obliquement, en direction du toit où Ramona Huercal ne bougeait toujours pas.

Et faisait l'effet étrange d'une gargouille au sommet d'une cathédrale gothique.

– Je vais y aller, je suis le plus ancien en grade et en expérience, dit alors un pompier d'une trentaine d'années, brun, au visage énergique.

– En expérience de pompier peut-être… mais pas de policier ! répliqua Corentin d'un ton très ferme. Or, ceci concerne la police. Par conséquent, c'est moi qui vais y aller !

Et, sans écouter le début de protestation de son interlocuteur, il bondit vers le pied de l'échelle et commença de grimper. Un barreau après l'autre, ni trop lentement ni trop vite.

Au même moment, comme pour lui rendre la tâche encore plus difficile, la pluie se remit à tomber. A grosses gouttes serrées et drues.

Mentalement, il calcula que le bord du toit devait être à une quinzaine de mètres du sol, les étages du vieux bâtiment étant très hauts.

Arrivé à peu près à mi-chemin, déjà trempé, Boris jeta un coup d'œil derrière lui. Et comprit que ce n'était pas une bonne idée, à la soudaine – et heureusement passagère – mollesse qui s'était emparée de ses jambes.

– Vers le haut ! lui cria Géraldine, d'une voix possédée d'appréhension. Regarde toujours vers le haut !

Corentin reprit son ascension, en faisant attention de

ne pas glisser sur les barreaux mouillés.

Il n'était plus qu'à cinq ou six mètres du toit. Sur lequel, toujours rigoureusement immobile, Ramona Huercal semblait ne même pas s'être aperçue qu'il montait vers elle.

À présent, Boris pouvait distinguer les traits de son visage masculin, et il en fut presque effrayé. Car ce que ce visage exprimait, ce n'était ni la peur, ni l'appréhension, ni la résolution, ni aucun des sentiments qu'on aurait pu s'attendre à y lire.

Il exprimait une sorte de joie surhumaine. Une joie qui n'était déjà plus de ce monde.

Soudain en proie à un très mauvais pressentiment, Corentin accéléra l'allure.

Il ne lui restait plus que trois mètres.

Deux.

Un mètre cinquante…

C'est alors que tout se précipita.

Sortant brusquement de l'espèce d'extase dans laquelle elle semblait plongée, Ramona Huercal s'aperçut de la présence de Boris, à moins d'un mètre d'elle, légèrement en contrebas, en équilibre sur le sommet de son échelle.

Elle le dévisagea d'un œil étrangement bienveillant. Et elle dit, d'une voix plus douce qu'auparavant :

– Je vous remercie de tout le mal que vous vous donnez pour moi, *Señor* Corentin, mais c'est inutile…

– Ramona, ne faites pas de bêtise ! murmura Corentin, qui n'osait plus faire un geste, de peur de provoquer l'irrémédiable. Tout peut encore s'arranger…

La gouvernante eut un petit sourire infiniment triste :

– S'arranger, vous dites ? Avec les trois meurtres que j'ai à mon actif ? Je ne veux pas aller en prison, monsieur Corentin ! D'ailleurs, vous avez raison : il y a effectivement un moyen de tout arranger...

Et, avant que Corentin ait pu dire quoi que ce soit, l'Espagnole se laissa tomber en avant et bascula dans le vide.

Dans un ultime réflexe, Boris lâcha l'échelle d'une main et se projeta en avant, au risque de basculer lui-même.

Il parvint à saisir le bras de la gouvernante et referma ses doigts autour de son poignet.

Sous le poids, son pied droit dérapa, et il se retrouva lui-même à demi suspendu dans le vide, le corps massif de Ramona Huercal pesant de tout son poids au bout de son bras tendu à l'extrême.

D'en bas, un cri d'horreur monta jusqu'à ses oreilles.

– Lâchez-moi, *Señor* Corentin ! cria la gouvernante, d'une voix presque suppliante. Sinon, nous allons mourir tous les deux, c'est inutile. Lâchez-moi, vite !

– Pas question gronda Corentin, ruisselant à la fois de pluie et de sueur. Vous allez vous accrocher à l'échelle avec votre autre main et je...

Sa phrase se termina par un cri de douleur bref. Ramona Huercal, par une puissante traction du bras que tenait Corentin, venait de se hisser jusqu'à son poignet.

Et y avait planté ses dents, de toute la force de ses fortes mâchoires carrées.

Boris Corentin fit exactement ce que l'Espagnole

voulait qu'il fît. Par pur réflexe, sous la douleur soudaine, il ouvrit la main.

Il la referma aussitôt, mais c'était trop tard.

Sans émettre le moindre son, Ramona Huercal était déjà en train de chuter vers le sol bitumeux de la caserne.

Elle s'y écrasa avec un bruit mat et ne bougea plus.

Boris Corentin redescendit la grande échelle beaucoup plus vite qu'il ne l'avait montée et se précipita vers l'attroupement formé autour du corps de la gouvernante, au moment où Géraldine Hébert se relevait, le visage très pâle et tous les traits comme affaissés sur eux-mêmes.

– Elle est morte… murmura-t-elle, d'une voix qui tremblait légèrement. Exactement comme elle le voulait…

À ce moment, Aimé Brichot s'approcha à son tour de Boris Corentin et lui posa la main sur l'avant-bras :

– Alise de Madridejos vient de mourir aussi… Les pompiers n'ont rien pu faire…

Dans le lointain, on entendit alors plusieurs sirènes, qui se rapprochèrent rapidement. C'était les renforts et les secours demandés par Brichot.

Qui arrivaient trop tard.

– C'est terrible… murmura Géraldine, en se serrant frileusement contre Boris. Dans cette affaire, il n'y a vraiment que des perdants…

– Que des perdants ? gronda alors Boris, le visage subitement dur. Je ne suis pas sûr de ça ! En fait, je pense qu'il y a au moins un gagnant. Et qui a réussi à obtenir ce qu'il voulait, sans même quitter sa chambre ni son fauteuil !

Il n'eut pas besoin de dire à qui il pensait. Simultanément, dans les deux esprits d'Aimé Brichot et de Géraldine Hébert, un même nom venait de s'imprimer.

Celui d'Alberto de Madridejos.

Et il s'était imprimé en lettres de feu.

Chapitre XIV

Une mélodie grave, solennelle, douloureuse, jouée par les seize cordes enlacées du quatuor Talisch, emplissait la pièce trop sombre, au moment où Boris Corentin y pénétra. Il reconnut le deuxième mouvement, l'*andante*, du quatuor de Schubert, *La Jeune Fille et la Mort*.

Qu'Alberto de Madridejos, dans son fauteuil d'infirme, la tête toujours couverte de sa cagoule écarlate, écoutait les yeux fermés, avec l'immobilité d'une statue de pierre.

Il y avait trois jours que l'affaire était terminée. Trois jours de rapports, de paperasses en tous genres pour Boris Corentin, Aimé Brichot et Géraldine Hébert. Sans parler des interrogatoires des femmes et des jeunes pompiers qui avaient participé à la soirée tragique, dans la caserne désaffectée d'Alise de Madridejos.

Trois jours durant lesquels Boris n'avait pas réussi à se débarrasser de ce sentiment d'échec qui le taraudait, à la suite de la mort d'Alise et de son amant, Fabrice Moulin. Et surtout du suicide de Ramona Huercal.

Ou, pour mieux dire, de son sacrifice.

– Il y a une chose que je voudrais quand même bien

savoir, Monsieur de Madridejos, murmura-t-il, en se penchant vers le marquis qui, le matin même, n'avait pas jugé bon de paraître à l'enterrement de sa propre épouse. C'est évidemment vous qui avez demandé à Ramona Huercal de tuer le pauvre Anthony Quittard, n'est-ce pas ? Parce que vous ne supportiez plus les débordements de votre femme avec tous ces jeunes pompiers…

Alberto de Madridejos soutint le regard de Corentin, mais il ne répondit rien, se contentant de dodeliner de la tête au rythme de la musique de Schubert.

– Et comme votre femme a continué, vous avez ensuite exigé de votre malheureuse gouvernante qu'elle supprime Fabrice Moulin et votre épouse. Et qu'ensuite, elle se suicide pour couper court à toute enquête pouvant remonter jusqu'à vous…

Alberto de Madridejos eut un tressaillement de tout le corps, et ses yeux s'animèrent un court instant.

– Je n'ai rien *exigé* du tout de Ramona, Monsieur Corentin ! souffla-t-il d'une voix qui paraissait exténuée. C'est son amour pour moi, son dévouement à ma personne et à ma famille, qui ont dû lui inspirer ces actes déments, rien d'autre ! Elle non plus ne supportait pas de me voir traîné dans la boue, ni de voir le beau nom des Madridejos abaissé plus bas que terre ! Peut-être même le supportait-elle encore plus mal que moi…

Le marquis eut un geste las de la main droite, et ajouta, d'une voix à peine audible tant elle était faible :

– Maintenant, si vous pensez que je suis responsable de tout ça, vous pouvez m'arrêter : si vous saviez comme tout peut bien m'être égal, désormais…

Boris Corentin ne répondit rien. Alberto gagnait sur toute la ligne. Avant de sauter dans le vide, Ramona Huercal avait bien pris soin d'endosser le meurtre d'Anthony Quittard. Et comme elle avait tué Alise et Moulin, plus rien ne permettait de remonter jusqu'au marquis.

Dont le nom, le si précieux nom, resterait vierge de toute souillure.

Corentin faillit proférer une réplique cinglante, ne serait-ce que pour montrer à l'infirme qu'il n'était dupe de rien. Mais finalement, il se tut.

À quoi bon accabler cet homme défiguré, paralysé, meurtri, qui, désormais, allait devoir vieillir vraiment seul. Et dont la vie ne serait qu'une suite de jours tous aussi désespérément semblables ?

Sa punition, il allait tout de même l'avoir, en fin de compte. Elle serait longue, très longue. Et elle venait tout juste de commencer…

Une demi-heure plus tard, Boris Corentin retrouvait Aimé Brichot et Géraldine Hébert, à la terrasse de la *Brasserie du Palais*, en face du palais de Justice.

– Eh bien ! voilà une affaire comme j'espère n'en jamais revoir, soupira-t-il, en se laissant tomber sur la chaise libre à côté de Géraldine. J'ai vraiment l'impression d'avoir été en dessous de tout…

– En dessous de tout ? s'étonna Géraldine, en le regardant avec beaucoup de tendresse. Mais je ne trouve pas, moi ! Au fond, c'était quoi, votre mission ?

Identifier les responsables de la mort de Louise Humières, non ? Eh bien ! vous avez réussi à déterminer qu'il s'agissait bien d'Alise de Madridejos et de Fabrice Moulin !

La jeune femme posa sa main sur l'avant-bras de Boris Corentin, et poursuivit d'une voix plus douce, mais avec un petit sourire pétillant d'ironie :

– Et puis, qui sait ce qui me serait arrivé, si Mémé et toi n'étiez pas venus, comme des chevaliers blancs, me tirer des griffes de ces odieux pervers ?

Pour la première fois depuis un moment, Boris eut un petit sourire et sa voix se fit gentiment railleuse :

– Tu veux que je te le dise ? Tu aurais succombé dans les bras d'un beau pompier à la virilité triomphante et élargi les horizons de ta sexualité !

Géraldine ne se formalisa pas de cette allusion directe à sa « féminophilie ». Au contraire, elle eut un petit sourire mutin, et murmura, tout près de l'oreille de Boris :

– Franchement, tant qu'à faire que d'élargir les horizons en question, je crois que je préférerais que ce soit avec un beau flic, plutôt qu'un pompier !

– Dans ce cas, fit Boris sur le même ton, je reste à ta disposition pour ce...

Le reste de sa phrase se perdit dans un soudain vacarme qui, durant quelques secondes, à la terrasse de la brasserie, couvrit toutes les voix alentour.

Celui d'un camion de pompiers, passant sur le boulevard, toutes sirènes hurlantes...

Achevé d'imprimer sur les presses de

BUSSIÈRE

GROUPE CPI

à Saint-Amand-Montrond (Cher)
en décembre 2005

VAUVENARGUES - 14, rue Léonce Reynaud - 75116 Paris
Tél. : 01-40-70-95-57

— N° d'imp. 53115. —
Dépôt légal : janvier 2006.

Imprimé en France